1ª edição - Agosto de 2023

Coordenação editorial
Ronaldo A. Sperdutti

Projeto gráfico e editoração
Juliana Mollinari

Capa
Juliana Mollinari

Imagens da capa
Shutterstock

Assistente editorial
Ana Maria Rael Gambarini

Revisão
Érica Alvim
Alessandra Miranda de Sá
Ana Maria Rael Gambarini

Impressão
Centro Paulus de Produção

Direitos autorais reservados. É proibida a reprodução total ou parcial, de qualquer forma ou por qualquer meio, salvo com autorização da Editora. (Lei nº 9.610, de 19 de fevereiro de 1998)

Traduções somente com autorização por escrito da Editora.

© 2023 by Boa Nova Editora.

Av. Porto Ferreira, 1031 | Parque Iracema
CEP 15809-020 | Catanduva-SP
17 3531.4444

www.petit.com.br | petit@petit.com.br
www.boanova.net | boanova@boanova.net

Dados Internacionais de Catalogação na Publicação (CIP)
(Câmara Brasileira do Livro, SP, Brasil)

```
Antônio Carlos (Espírito)
   As ruínas / [ditado pelo espírito] Antônio
Carlos, [psicografado por] Vera Lúcia Marinzeck
de Carvalho. -- Catanduva, SP : Petit Editora, 2023.

   ISBN 978-65-5806-051-2

   1. Espiritismo - Doutrina 2. Psicografia
3. Romance espírita I. Carvalho, Vera Lúcia
Marinzeck de. II. Título.

23-162403                              CDD-133.93
```

Índices para catálogo sistemático:

1. Romance espírita psicografado   133.93

Tábata Alves da Silva - Bibliotecária - CRB-8/9253

Impresso no Brasil – Printed in Brazil
1-08-23-7.000

Prezado(a) leitor(a),

Caso encontre neste livro alguma parte que acredita que vai interessar ou mesmo ajudar outras pessoas e decida distribuí-la por meio da internet ou outro meio, nunca deixe de mencionar a fonte, pois assim estará preservando os direitos do autor e, consequentemente, contribuindo para uma ótima divulgação do livro.

AS RUÍNAS

Vera Lúcia Marinzeck de Carvalho
Do espírito Antônio Carlos

SUMÁRIO

Capítulo 1 - O pesadelo 7

Capítulo 2 - A decepção 19

Capítulo 3 - Encontros agradáveis 31

Capítulo 4 - Fatos ocorridos 43

Capítulo 5 - Conversas interessantes 59

Capítulo 6 - As ruínas 73

Capítulo 7 - Daniela 89

Capítulo 8 - O namoro 107

Capítulo 9 - Encontrando-se no espiritismo 121

Capítulo 10 - Um acontecimento inesperado 135

Capítulo 11 - O período difícil continua 151

Capítulo 12 - O falatório continua 167

Capítulo 13 - Desvendando o assassinato 183

Capítulo 14 - Recomeçando com alegria 197

CAPÍTULO 1

O pesadelo

Fabiano foi se deitar como de costume, ou seja, nada de diferente, o dia transcorreu na rotina costumeira.

Sonhou. Para ele, o sonho que se repetia era um pesadelo. Desta vez lembrou com mais detalhes. Ele acordou, como sempre fazia quando isto ocorria, suado, ofegante e com o coração disparado. Ergueu a cabeça e olhou o relógio que estava na mesinha da cabeceira, eram duas horas e quarenta e cinco minutos. Tomou água, enxugou o suor do rosto e lembrou do pesadelo.

Desta vez lhe pareceu que o sonho fora real e que demorara mais. O pesadelo sempre iniciava com ele chegando às ruínas.

AS RUÍNAS

Às vezes parecia que, embora soubesse que ali eram ruínas, via o local diferente, sentia que era, como fora antes, um lugar sem matos, tudo limpo, construções inteiras, a casa habitada, pintada, boa e confortável para a época. O que se repetia era: ele, com medo, entrava num cômodo ao lado da casa, talvez um galpão, um salão, e lá estava a mulher, a que ele queria proteger e a que se colocou atrás dele. Estavam ameaçados pelo homem armado. Escutava disparos, o barulho da bala saindo do revólver, a dor no peito, o sangue escorrendo e ele caindo; em seguida, outros dois tiros e a mulher caindo sobre ele. Às vezes, em outros sonhos, escutava, antes dos tiros, a ordem: "Mate-os, Leocácio, mate-os!". Também ouvia uma voz feminina os acusando de traição e a mulher que protegia pedindo clemência, dizendo-se inocente.

Naquela noite, de fato, se lembrou de mais detalhes: Como sempre, foi às ruínas, sentia o coração bater forte, e, como das outras vezes, viu a casa pintada de amarelo-claro. Ao chegar à frente da residência, ele nunca entrava dentro dela, ficava sempre na área da frente; viu o vulto, a pessoa de que tinha muito medo, desta vez o viu melhor. Era um homem alto, forte e estava armado, tinha um revólver e duas facas na cintura, usava um chapéu cobrindo a cabeça e parte da face, mas viu o rosto, ele era branco, olhar frio, rosto que não sorria, era alto e magro, ele não falava e, quando atirava, o fazia friamente, ou seja, matava sem piedade e continuava com a mesma expressão. Sentia ser ele a pessoa a receber os tiros, porém ele estava, era diferente, moreno, quase negro, robusto, não gordo, sentia ali em pé o coração disparado, medo, revolta de não conseguir fazer nada e nem defender a mulher. Vestia-se simplesmente, roupas de camponês que se usavam antigamente. A mulher, a que queria defender, também era morena, cabelos longos com duas tranças, vestia um vestido bonito de senhoras e estava perfumada, sentia seu perfume agradável, e ela tremia. Foi nesse sonho, nessa noite, que Fabiano viu melhor o rosto dela, ela era muito bonita e sentiu que gostava muito dela. Nos pesadelos, ele sempre queria falar e não conseguia; em todos eles, não falava nada, permanecia calado. Normalmente, ele acordava quando a mulher caía sobre ele; quando despertava, também não conseguia falar por minutos, normalmente uns cinco, o grito parecia sufocado na garganta, e ele, tanto dormindo como desperto, somente gemia ou, com a respiração ofegante, fazia um ruído estranho e alto.

Desta vez lembrou de ter visto uma mulher, mais velha, vestida com roupas boas da moda antiga. Porém algo o intrigou: ao olhar para essa senhora, lhe pareceu ver a Martina, uma pessoa deficiente que tinha as pernas tortas e a mão direita atrofiada; andava com dificuldades e esmolava pela cidade, era feia e estranha.

"Sonhos e pesadelos se confundem", concluiu pensando.

Quando acordava, estava sempre apavorado e sentia que queria bem, talvez amasse, a mulher que recebia os tiros com ele.

Desta vez, nesta noite, após os tiros, ele levantou, parecia que tudo estava em névoas, os ferimentos sumiram, tonteou, e alguém, que não conseguiu ver quem era, pegou em suas mãos e disse carinhosamente: "*Venha, Benedito!*". Olhou para o chão e viu dois corpos. Quis, num impulso, voltar a ele, ao corpo ensanguentado, mas a pessoa que pegou na sua mão foi enérgica: "*Não! Venha!*". Acordou.

— Meu Deus! — rogou falando em tom baixinho. — Por que isso? Por que esses sonhos?

Não conseguiu voltar a dormir, tentou se distrair com outros pensamentos, com coisas boas e bonitas, mas estava difícil, lembrava do pesadelo e o recordava com mais alguns detalhes, como se juntando as peças de um quebra-cabeça. Anteriormente, outro sonho, começava com ele trabalhando com a enxada, carpindo, quando foi chamado para ir à casa-sede porque Leocácio queria lhe falar. Leocácio era o capataz, um empregado de confiança do patrão. Foi e aguardou na frente da casa. Leocácio veio e, com a mão, mostrou que ele deveria ir para o galpão, uma construção perto da casa; não era grande, mas fechada, tinha para entrar somente um portão. Entrou e, ao fazê-lo, viu a mulher que amava, a dona da casa, e o patrão. Leocácio recebeu a ordem e atirou.

Fabiano revirava no leito, a última vez em que olhara o relógio eram cinco horas e quarenta e cinco minutos. Dormiu para acordar às seis horas e vinte minutos com o despertador. Levantou rápido, porém se sentia cansado e aborrecido por ter tido novamente o pesadelo. No café da manhã, a mãe perguntou:

— Fabiano, você teve de novo aquele sonho?

— Sim, mamãe. Eu os acordei?

— A mim, sim; seu pai, não. Mas, quando ia levantar para acordá-lo, você se aquietou.

— É muito ruim ter esses pesadelos. Acordo sempre me sentindo péssimo e cansado. Não queria tê-los — lamentou Fabiano.

— Esforce-se, filho, para ficar bem.

— Farei isso, hoje tenho muito serviço.

Laís se preocupava, mas não sabia como ajudar o filho.

Fabiano fez como sempre fazia, foi para o seu mercadinho, um pequeno empório, "venda", como muitas pessoas do lugar chamavam, atualmente seria um mercadinho. Lá, Fabiano vendia um pouco de vários produtos, rações para animais, alimentos, frutas, verduras etc. Tinha dois funcionários, um moço e uma mulher. Trabalhava muito, mas, para a cidade de porte médio/pequeno, estava bem. Abria o comércio às sete horas e quinze minutos e fechava às dezoito horas. Morava com os pais numa casa perto do seu mercadinho, a uns cinco quarteirões, ia caminhando, e rápido. Quando chegou, seu funcionário o estava esperando; abriu e logo recebeu mercadoria, que eram verduras e legumes. Sua funcionária vinha trabalhar mais tarde e ficava com ele até fechar.

Mesmo com muitas coisas para fazer, o pesadelo vinha à sua mente, e ele se esforçava para permanecer tranquilo. Os clientes chegaram, e Fabiano, como sempre, atencioso, conversava com eles. Tinha, para o almoço, quarenta minutos e saía às onze horas. Naquele dia, na volta, viu Martina, que estava na esquina a mendigar. Prestou atenção nela.

"Por que será que sonhei com ela? Porém no meu sonho Martina era uma outra pessoa, uma senhora elegante e sentia que era má."

Parou ao lado dela e lhe deu uma quantia de dinheiro. Ela sorriu, seus poucos dentes eram escuros e alguns quebrados.

— Deus lhe pague! — Martina agradeceu.

Naquela tarde, Fabiano quis saber mais sobre ela e a indagou:

— Como está, Martina? Como tem passado?

— Eu... — ela riu. — Como responder? Bem? Seria mentira porque estou na condição de pedinte, com doenças, dores e solitária. Mal? Também mentiria porque tenho uma casinha para morar; ando, embora com muitas dificuldades, então me locomovo; enxergo, não muito bem, mas enxergo; falo e escuto. Então minha resposta é: mais ou menos, vou indo, passando pela vida.

Fabiano se surpreendeu com a resposta dela, já havia escutado que Martina tinha conhecimentos e que falava corretamente. Perguntou, escolhendo palavras para não ofendê-la:

— Martina, a senhora sabe ler e escrever? Vive sozinha?

— Sim, moro sozinha, mas com Deus. É numa casinha, de um cômodo, a latrina fica fora, mas pertinho; lá eu tenho uma cama, um fogãozinho, uma mesa e duas cadeiras, é bem fechado, não entra vento na época do frio. Morava com meus pais, o primeiro foi meu pai a morrer, depois mamãe, e fiquei sozinha. Tenho dois irmãos e três irmãs, eles foram morar longe, penso que eles nem se lembram de mim. Com certeza eles tinham, ou ainda têm, vergonha de mim, de ter uma irmã assim, deficiente e mendiga. Eu os entendo e desejo que eles fiquem bem. Quanto a ler, sei, minha mãe me ensinou, mas não escrevo, assino o meu nome com dificuldade, desenhar as letras com minhas mãos curvadas é complicado. Graças a Deus, eu sei ler!

Fabiano não podia se atrasar, seu funcionário tinha de ir almoçar, despediu-se de Martina e fez um propósito de dar mais atenção a ela e também ajuda.

Estava se sentindo diferente naquele dia, esforçava-se para ficar tranquilo, mas estava inquieto e, mesmo com tantos afazeres, lembrava do pesadelo e, ao lembrar da mulher que via no sonho, vinha à mente a figura de Martina. Não conseguia entender este fato.

— Benedito, você quer levar maçãs? Estão fresquinhas.

Ao escutar esta frase do seu funcionário, Fabiano se arrepiou. Benedito! Este nome veio forte à sua mente. Sentiu a sensação de que já se chamara assim. Lembrou: num dos seus pesadelos, ao ser chamado para ir à casa-sede, o empregado chamou aquele que carpia de Benedito. E ele sentia ser o que carpia, o Benedito.

"Estou complicando demais, ou esses pesadelos estão me complicando. Tenho que seguir os conselhos que já recebi sobre o que ocorre comigo. Mas qual?"

Uma vez falou com o padre, e o sacerdote lhe disse que talvez isso ocorresse porque ele tinha maus pensamentos e estes refletiam como pesadelos, para lhe chamar a atenção e ter bons pensamentos. Fabiano pensou muito quando escutou isso e tentou encontrar o que pensava de errado, analisou-se. Não concluiu nada. Ele não era invejoso, não guardava mágoa, dificilmente se ofendia e se esforçava para não ofender ninguém. Tratava todos bem, os dois empregados gostavam dele. Tinha a certeza de que não tinha inimigos, porque ele não os fizera.

Escutava de sua mãe:

— Não entendo o porquê de você ter esses maus sonhos, você é uma pessoa boa, bom filho, é amado, querido e tem muitos amigos. Queria que você se consultasse com um médico especialista na capital do estado. Um psiquiatra que, com certeza, poderá ajudá-lo. Um bom tratamento resolveria.

Havia se consultado com um médico da cidade, um clínico geral, que lhe fez muitas perguntas, como se dormia bem. Sim, ele dormia; quando tinha os pesadelos acordava assustado e demorava para voltar a dormir, mas, nas noites em que não sonhava, dormia por oito horas sem acordar e levantava bem. Com os exames normais, o médico perguntou se ele queria tomar um calmante, disse que não, e o médico não lhe receitou nada.

A irmã, a única, eram somente os dois os filhos de Dirceu e Laís, era mais nova que ele nove anos. Flávia estava com quatorze anos, e ele, com vinte e três anos. Opinou rindo:

— Fabiano, é somente você dizer, afirmando com firmeza todas as noites, que não quer ter estes sonhos bobos que não os terá.

Uma de suas tias, Abadia, irmã de sua mãe, de quem a família falava, às escondidas, que era esotérica, às vezes confusa ou estranha, conversou com ele:

— Meu sobrinho, sonhos que se repetem, sejam eles bons ou não, querem nos alertar, nos dizer alguma coisa. Por que você não volta às ruínas? Vá lá e tente saber o que o impressionou para que sonhe com o lugar.

Não tinha vontade de voltar lá e com certeza não o faria.

Esse lugar com que ele sonhava, era chamado de "ruínas", ficava perto da cidade, numa fazenda, era fácil de ir. Por uma estrada de terra batida que ia para muitas fazendas e sítios, numa encruzilhada, surgia uma estradinha que levava às ruínas. Era uma caminhada de uns trinta a quarenta minutos após sair da cidade. Normalmente se ia lá de veículos ou bicicleta. Essa estradinha terminava nas ruínas. Como ninguém a arrumava, por não servir a moradores, era esburacada. Por ter fama de assombrada, o atual proprietário daquelas terras isolou a antiga sede. A casa do proprietário era agora em outra parte da fazenda. Ali, na antiga sede, as pessoas não gostavam de ir, queixavam-se de que sentiam arrepios, algo diferente, e alguns passavam mal; iam os que queriam ver os fenômenos que ocorriam por lá. Não era um lugar agradável. Abandonado, foi ruindo, e o mato foi crescendo, o deixando ainda mais assustador.

Alguns valentões, adultos, se uniam em grupos e, à noite, levando lanternas, iam excursionar lá e normalmente voltavam correndo. Diziam ter escutado barulhos, eram jogados neles pedras, paus e até frutas. Algumas pessoas comentavam que, para os barulhos, tinham explicações, porque o vento fazia com que portas soltas, telhado e janelas que não fechavam batessem; e acreditavam que alguém bem vivo, para assustar, jogava objetos nos visitantes. Mas concluíram que, com certeza, não tinha ninguém por ali com coragem para fazer isso. O fato é que essas excursões aconteciam. A molecada, às vezes, ia, mas durante o dia. Olhavam tudo curiosos, mas, no primeiro barulho, normalmente corriam.

Fabiano foi numa tarde com dez colegas, foram de bicicleta; quando chegaram na estradinha e um dos meninos caiu ao passar num buraco, deixaram as bicicletas e continuaram a pé. Conversaram pouco, estavam mais atentos ao lugar. Na estradinha, nada de diferente, mas, assim que avistaram as ruínas, ficaram calados observando tudo. Fabiano ficou no meio do grupo. Assim que entraram num espaço que antes com certeza teria sido um jardim, ele não gostou nada, arrepiou-se. Não gostou do que viu. A construção abandonada estava ruindo, a pintura desbotada e em algumas paredes apareciam os tijolos. Atrás da construção tinham árvores, algumas frutíferas, como mangueiras e limoeiros. O grupo de garotos parou em frente à casa, que antes teria sido uma área aberta. Fabiano sentiu seu coração disparar, tontear, boca seca; temendo as gozações de ser o primeiro a correr, continuou. A garotada olhava tudo curiosa e escutou comentários:

— Aqui é sinistro!
— Será que o capeta mora aqui?
— A assombração que fica aqui tem muito mau gosto. É um lugar feio!
— Vamos entrar na casa, mas cuidado onde pisam, pode ter tábua solta ou cair algo em nós.

Entraram os dez juntinhos, passaram por uma porta que estava encostada e se depararam com um cômodo grande, uma antiga sala com certeza, ali não havia nada; como comentaram, não havia nenhum móvel na casa, nada, levaram tudo o que podiam carregar.

— Vamos sair, aqui pode ser perigoso, o telhado pode desabar.

Fabiano se sentiu aliviado, queria sair dali, ir embora das ruínas. Voltaram à frente da casa.

— Vamos embora? Aqui é somente um lugar feio. Adeus, assombração!

Receberam pedradas.

— Ai! — fizeram coro.

— Vamos embora!

Correram. Pararam na estradinha onde deixaram as bicicletas.

— Alguém tentou nos assustar, uma pedra acertou minha cabeça!

— Acertaram-me o braço!

— Alguém se divertiu nos assustando, é uma pessoa viva ou morta. Vamos para nossas casas.

Fabiano não foi atingido por nenhuma pedra. Ele permaneceu calado o tempo todo. E, após essa infeliz visita, passou a ter aqueles pesadelos.

Ele não voltou mais lá, recusou todos os convites e escutava calado os comentários de quem ia lá. Eram sempre as mesmas coisas: recebiam objetos jogados, escutavam ruídos e alguns afirmavam ter ouvido gargalhadas.

Seu pai, Dirceu, contou que fora duas vezes às ruínas, uma na adolescência, com um grupo durante o dia, e também escutaram ruídos e receberam limões. Na outra, era adulto, foram à noite, e a sensação fora pior, recebeu uma pedrada na cabeça, que sangrou e deixou uma cicatriz. Reclamaram para o proprietário da fazenda, ele afirmou que, se fosse alguém vivo, ele não sabia quem era. Mas que não recebia reclamações porque ele não convidou ninguém para ir lá; se foram, que arcassem com as pedradas.

Fabiano resolveu se esforçar para esquecer aqueles pesadelos e pensar em fatos bons, no que tinha. Era agradecido, tinha pais presentes, era amado e os amava, os pais raramente discutiam e educaram bem os filhos. O pai era funcionário do correio, a mãe cuidava da casa. Eles ajudaram, e muito, Fabiano a comprar o mercadinho, ele o tinha desde os dezenove anos. Flávia, sua irmã, era uma graça de pessoa, menina ótima e estudiosa; ela queria, era seu sonho, cursar uma universidade, porém mudava muito o que queria estudar, ora queria ser médica, ora advogada, farmacêutica, psicóloga, mas uma coisa ela não mudava, queria estudar.

Fabiano se orgulhava de sua família, tinha avós, tios e primos, a família se reunia sempre, eram unidos, se gostavam, mas discutiam e tinham algumas desavenças. Alguns moravam em outras cidades, mas a maioria, naquela cidade, que para Fabiano era bonita, pacata e tranquila.

Realmente aquele dia estava difícil; por mais que se esforçasse, lembrava do pesadelo. Por vezes se viu passando a mão no peito, no local em que, no sonho, recebera os tiros.

No horário, sem clientes, fechou o mercadinho e foi para casa.

"É tão bom ter casa, um lar para voltar após o trabalho."

Tentou ficar contente.

| 17

CAPÍTULO 2

A decepção

Fabiano tomou banho e jantou, se arrumou e foi se encontrar com Salete, sua namorada.

Ele sempre conhecera Salete, estudaram na mesma escola, ele era um ano mais velho que ela. Ele com quatorze anos e ela com treze anos namoravam escondidos, os pais dela não permitiam que a garota tão nova namorasse, ficaram juntos por um ano e oito meses. Separaram-se, mas se viam sempre. Ela namorou dois rapazes e ele tivera três namoradas, mas nada sério. Há dois anos, os dois ficaram juntos numa festa e voltaram a namorar, e desta vez sério. Estavam no mês de julho, planejaram noivar no Natal e casar sete meses depois. Para isto

Fabiano economizava, guardava dinheiro numa poupança. Eles iriam morar numa casa dos pais dela, que ele iria reformar e mobiliar. Salete ajudava a mãe costurando, também economizava porque queria festa no casamento, e fazia o enxoval.

Os dois se encontravam quatro vezes por semana, às terças, quintas, sábados e domingos, às vezes iam ao cinema, a um barzinho, à praça, ou ficavam sentados conversando na área em frente da casa dela. Os pais de Salete gostavam demais de Fabiano. Todos faziam gosto no namoro, casamento, menos a tia Abadia, que por três vezes o aconselhou:

— Fabiano, você não quer prestar mais atenção em Salete?

— É melhor a senhora ser mais direta, titia — pediu Fabiano. — Será que não sou bom namorado? É isto que está querendo me dizer?

— Penso, tenho a certeza, que é bom demais. Mas Salete... às vezes a sinto distante. Você tem certeza de que gosta dela?

— Sim, penso que sim.

— E ela de você? — perguntou a tia.

— Penso também que sim, ela diz sempre isso.

— Joguei as folhas para você, e elas me mostraram que vocês dois não ficarão juntos.

Sorri e nada comentei.

Titia tinha o costume de consultar as folhas. Dizia que aprendera com uma índia quando mocinha, esta indígena era casada com um empregado do pai dela, o avô de Fabiano. Por curiosidade, um dia Fabiano pediu a sua tia para ver como era essa consulta às folhas. Abadia permitiu. Ela limpou a mesa, pegava sempre em número ímpar folhas de determinadas plantas do jardim de sua casa e as jogava na mesa. Ela disse a Fabiano que ele ia morar longe, ter mais dinheiro e ser feliz no casamento. Fabiano não deu importância ao que a tia lhe falou. Da família, quem gostava de consultar as folhas, como diziam, eram suas primas e sua irmã, que Abadia havia dito que iria estudar.

Na outra vez que a tia Abadia comentara sobre o namoro de Fabiano com Salete, disse que a achava distraída, às vezes ausente. Na terceira vez, que ela não era o par ideal para ele.

O rapaz não ligou. A mãe dele não gostava do que a irmã dela fazia e a proibia de falar desse assunto na casa dela.

Fabiano foi caminhando, a distância de sua casa da de Salete era de seis quarteirões. Foi pensando e se esforçando para ficar bem, sempre gostava de estar bem perto dela. Porém passara o dia apreensivo e culpou o pesadelo. Já tinha escutado de sua mãe:

— Filho, você precisa contar sobre esses sonhos para Salete; se casar e continuar a tê-los, ela se assustará com os ruídos que faz.

— Depois do noivado eu conto — decidiu.

De fato, ele planejara fazer isso. Porque com certeza iria assustá-la; embora ele não gritasse ou falasse, ele fazia ruídos, eram como gemidos. Muitas vezes os pais acordavam, a mãe corria ao quarto dele e, se Fabiano não tivesse despertado, ela o sacudia.

"Não quero pensar mais nisto! Irei namorar sossegado!", determinou.

Chegou ao portão da casa da namorada, Salete foi recebê-lo.

— Vamos ao cinema como combinamos? — perguntou ele.

Fabiano estava querendo ir ao cinema assistir uma comédia, queria se distrair.

— Não — respondeu Salete. — Vamos sentar aqui na área e conversar.

— Vou então cumprimentar seus pais.

— Depois. Por favor, sente-se aí, preciso conversar com você.

Fabiano a olhou e a viu séria. Preocupou-se. Foi pegar na mão dela. E a moça não permitiu.

— Fabiano...

Preocupou-se mais ainda, dificilmente eles se chamavam pelo nome, mas sim por um carinhoso "bem".

Ele se acomodou na poltrona e esperou. Salete falou rápido:

— Quero terminar nosso namoro!

Fabiano abriu a boca e quis perguntar o porquê, mas não conseguiu. Salete voltou a falar:

— Fabiano, você sabe que eu tive dois namorados antes de voltarmos a namorar, mas tive também um outro, que amei muito. Namoramos escondido tanto de meus pais como dos dele. Os pais dele queriam que ele estudasse e, quando namorasse, que o fizesse com uma pessoa de posses financeiras. Então namoramos escondido. Terminamos, sofremos, eu sofri. Pensei que este sentimento havia passado, mas não passou. Este moço voltou a me procurar e resolvemos ficar juntos. Estou terminando com você para ficar com ele.

Fabiano parecia que não escutava, mas o fez, porém o choque foi tão grande que não conseguiu falar.

— Você não fala nada? — Salete se preocupou.

— Tudo bem. Quem é essa pessoa?

— O Eloy — Salete falou em tom baixinho.

— O Eloy da Fazenda Água Benta?

— Sim — a moça foi lacônica.

A Fazenda Água Benta era uma grande e produtiva propriedade rural, os donos eram ricos e eles iam pouco à fazenda, eles moravam numa cidade maior a uns duzentos quilômetros dali. Com os filhos pequenos, eles iam mais, costumavam passar as férias lá; escassearam as idas na adolescência e agora iam raramente. O casal proprietário tinha três filhos, dois homens e uma mulher. Todos da cidade os conheciam.

— Mereço saber de tudo — Fabiano conseguiu falar.

— Sim, merece, e lhe peço desculpas. Como contei, Eloy e eu namoramos escondido por dois anos. Para não sermos vistos, íamos nos encontrar perto das ruínas. Eu me entreguei a ele de corpo e alma. Recentemente, há dois meses, ele me mandou um bilhete para que fosse encontrá-lo no lugar em que costumávamos ir. Fui, conversamos muito, ele foi embora e retornou há dez dias; encontramo-nos de novo e resolvemos ficar juntos. Agora Eloy está formado, trabalha e não tem que obedecer os pais. Resolvemos isto hoje à tarde, e também contar a você. Fabiano, me perdoe!

Fabiano sentiu vontade de pedir mais explicações, mas concluiu que já escutara o suficiente. Levantou e a olhou, Salete estava nervosa e rogou:

— Você não irá fazer nada, não é?

Ele sorriu com vontade de chorar, falou alto sem querer:

— Claro que não! O que pensou? Que eu fosse me matar? A você, ele ou os dois? Ir para a prisão? Você não merece! Não se preocupe, não farei nada. Estamos terminados! Obrigado pelo par de chifres. Tudo bem! Boa noite!

Saiu e bateu o portão. Na rua, andou rápido, queria se afastar da casa dela. Mudou o trajeto, parou numa rua deserta naquela hora, encostou-se num muro para pensar.

"Inacreditável! Como isto foi acontecer? Outro pesadelo? Mas neste estou acordado. Que decepção!"

Resolveu ir à casa de sua tia Abadia, que era solteira e morava sozinha. Ela o recebeu com um abraço e lhe serviu um chá.

— A senhora, titia, tinha razão com suas folhas. Deu errado meu namoro — lamentou Fabiano.

— Pois não lamente! Penso que quem deveria lamentar é a Salete. Meu sobrinho, eu jogo as folhas: pego-as, normalmente treze de certas plantas, penso na pessoa e as jogo na mesa; aí leio, vêm fatos à minha mente. Pelo que eu estudei, li alguma coisa sobre esse assunto, as folhas são uma maneira de me fazer concentrar e ver o que se passa e algumas coisas do futuro próximo, o que já está certo de ocorrer. Para isto existem uns nomes. Olhando-as para você, vi Salete, que até o queria amar e, como moça, queria se casar, mas ela amou o outro, até pensara que o esquecera, mas bastou revê-lo para mudar de opinião. Você se recuperará, meu querido, e um novo amor o fará feliz.

— Titia, Salete se encontrava com ele perto das ruínas, escolheram um lugar muito bom para não serem vistos. Será que é por isto que sonho com o lugar?

— Penso que não! O passado está se misturando com o presente! Procure agora, meu querido, ajuda para entender esses seus sonhos. Talvez você entenda melhor o porquê de ter estas lembranças pelos pesadelos.

Abadia fez uma pausa e, após, aconselhou o sobrinho:

— Seja você a contar sobre o rompimento, as pessoas com certeza fofocarão, e muito. É melhor saberem por você; quando sabem, param de perguntar. Diga que foi melhor receber uma traição da namorada do que de uma esposa. E que você está bem. Prepare-se e não perca a calma. Fofocas se esgotam.

Fabiano tomou o chá, agradeceu, despediu-se da tia e foi para casa. Encontrou os três, pai, mãe e irmã, na sala vendo televisão.

— O que aconteceu? Você voltou cedo — observou a mãe.

Ele desligou a televisão. Flávia, a irmã, nem reclamou, olhou para o irmão e percebeu que algo sério ocorrera.

— Preciso falar com vocês — disse o moço.

Os três o olharam e esperaram. Ele contou:

— Salete e eu terminamos o namoro.

— Puxa! Somente isso?! Que susto! Pensei que alguém tivesse morrido! — exclamou Flávia.

— Terminaram? Como? Por quê? — perguntou a mãe.

Fabiano contou, os três escutaram calados. Ele falou tudo.

— Que decepção! — exclamou o pai, Dirceu. — Pensei que Salete fosse boa moça. Tudo passa, filho!

— Safada! Ingrata! — Flávia se irou. — O que ela pensa que é? A rainha da cocada preta?

— Filho, o que você vai fazer? — preocupou-se a mãe.

— Não se preocupe, não irei pedir satisfação a ninguém. Rompemos. Terminou. Não farei nada. A vida continua.

— Haverá falatório! — a mãe suspirou.

— Sim, sei disso. Quero pedir a vocês que contem para as pessoas. Quando se sabe, perde-se o interesse, e as fofocas escasseiam.

— Irei contar o tanto que a Salete agiu errado! — decidiu Flávia.

— Não! Diga que ela está se encontrando com outro, que terminamos e que eu estou bem.

— Espero que fique mesmo — desejou o pai.

— Direi que você, além de ficar bem, sentiu-se aliviado — decidiu Flávia.

— Vou dormir. Boa noite!

Fabiano foi para seu quarto. Não conseguiu definir o que estava sentindo, era uma mistura de raiva, orgulho ferido e desilusão.

"Por que será que não percebi nada? Excesso de confiança? Por acreditar que ela me amava? Não vi porque não quis ou por achar normal? No sábado ela quis voltar mais cedo para casa alegando dor de cabeça; no domingo, fomos ao cinema e Salete falou muito pouco. O fato é que os dois estavam se encontrando, e ela não sabia o que fazer comigo. Talvez se Eloy não decidisse ficar com ela, Salete continuaria comigo, queria casar, não ficar solteira. Mas, como eles decidiram ficar juntos, ela teve de me contar. Antes agora do que casado e talvez com filhos. Mas não é fácil se sentir desprezado."

Tentou chorar, desabafar, mas não conseguiu. E, por incrível que pareça, dormiu a noite toda. Acordou, levantou e, após o desjejum, foi para o mercadinho. Assim que abriu a porta, contou para o empregado, que se surpreendeu.

— Terminamos e levei um par de chifres feio. — Fabiano tentou sorrir, mas fez uma careta.

Como tinha resolvido, contou aos clientes amigos e, ao fazê-lo, finalizava:

— Mas tudo bem, aconteceu e que ela seja feliz.

Escutou muitos comentários:

— Você não ligou mesmo! Se está bem, tudo certo!

Mas não estava. Fabiano estava sofrendo, e muito. Conforme foi falando, percebeu que de fato terminara o namoro, que haviam ruído os planos de noivado e casamento.

Eram dez horas quando o pai de Salete entrou no mercadinho e pediu:

— Fabiano, vamos lá fora um pouquinho, quero falar com você.

Ele foi, ficaram na calçada, o ex-sogro pediu:

— Desculpe-nos, Fabiano, desculpe-nos. Havíamos percebido que Salete estava alheia, nos últimos dias saía todas as tardes. Ontem minha filha nos contou do envolvimento dela com o outro e exigimos que ela falasse com você. Choramos, minha esposa e eu gostamos muito de você e sentimos que Salete, pela sua escolha, irá sofrer. Vim aqui para lhe dizer que sentimos muito, que perdoe Salete e nos desculpe.

O senhor enxugou o rosto, pois lágrimas escorriam.

— Não posso falar para o senhor que tudo está bem. Estou repetindo isto e evitando mais falatórios, eu não esperava algo assim, mas também não estou mal — Fabiano lembrou dos dizeres de Martina —, porque estou trabalhando e tenho a certeza de que superarei.

— Então... Até logo!

— Até!

O pai de Salete foi embora e Fabiano entrou. Um senhor que raramente ia ao seu comércio comentou:

— Vi Salete ir para os lados das ruínas por três vezes na semana passada. Estranhei e até comentei com minha esposa. Quase que a segui, mas, depois de uma pedrada que feriu minha cabeça, prometi não ir mais lá.

— Era nas ruínas que Salete ia namorar — Fabiano conseguiu falar.

— Namorar? — o senhor riu. — Eram amantes. Ninguém encontra com alguém escondido num lugar que não tem ninguém por perto para namorar.

O dia foi difícil. À noite em casa ainda teve de aguentar visitas, os avós queriam ser solidários e animá-lo e também falaram mal de Salete. Fabiano permaneceu firme, concordava com o que ouvia e falou pouco.

— Fabiano, é hora de você dormir, amanhã tem de levantar cedo. Pode ir se deitar, meu filho — a mãe o salvou daquela situação difícil.

As visitas resolveram ir embora. Ele estava cansado; no quarto, pôde então ficar triste; deitado, chorou. Não queria que tivesse acontecido essa traição, de Salete ter ficado com outro, separado dele e de ter ouvido tantos comentários.

AS RUÍNAS

A imagem de Eloy veio à mente, deveria fazer uns dois anos que não o via, mas lembrava dele, de como era; alto, forte, cabelos castanhos e olhos verdes. Era bonito.

Fabiano também era bonito, alto, magro, ombros largos, forte por carregar tantas caixas, mercadorias, tinha os olhos pretos como os cabelos, o sorriso era o que tinha de mais bonito.

"Eloy, espero que você aja certo com Salete; se não o fizer, ela sofrerá."

Para todos os que ficaram sabendo, Salete era uma moça perdida, não confiável, sem caráter e oferecida.

"No coração não se manda", Fabiano concluiu. "Salete envergonhou a família, os pais, com certeza até as amigas lhe virarão as costas. Espero que se case e fique tudo bem."

Foi o que realmente desejou, embora estivesse sofrendo muito. As pessoas pensavam, falavam muito dela, mas ele também recebera muitas críticas: de que era frouxo, que deveria ter agido como homem, ter ido brigar com Eloy ou ter dado uma surra na ex-namorada. Mas também escutou de muitos que agira certo não dando importância e que a errada era Salete.

Aquela noite demorou para dormir.

— Espero — resmungou falando baixinho — que eu não tenha pesadelo, porque se tiver desta vez bato nos fantasmas.

Não sonhou.

Não foram fáceis os dois dias seguintes, o assunto era a melhor fofoca do momento. Fabiano aguentou firme e respondeu, sempre que indagado, afirmando que estava bem.

Ao passar perto de Martina quando voltava do almoço, lhe deu dinheiro, e ela falou:

— Obrigada, moço do mercadinho. Lembre-se de que tudo passa.

— A senhora sabe o que me aconteceu?

— Claro, todos da cidade ou por estes lados sabem. Desilusão de amor é como tempestade, às vezes faz estragos, mas vem sempre depois o tempo bom e até melhor, o ar se purifica.

— A senhora já amou? — Fabiano, curioso, quis saber.

— Sim, já — respondeu Martina suspirando. — Amei um padre! Este sacerdote me tratava bem, mas o fazia por caridade, e eu, mesmo compreendendo isto, sem querer, o amei. Claro que ele nunca soube, talvez possa ter desconfiado. Ele foi embora, foi transferido, e eu não mais o vi. Penso, meu caro Fabiano, que é preferível amar e sofrer do que nunca ter amado. O amor aquece a alma. Você tem tudo para recomeçar com um novo amor. Talvez a jovem Salete se arrependa, mas o arrependimento muitas vezes não conserta um vaso quebrado. Recupere-se, amigo!

"Ainda bem que tenho escutado pessoas sensatas", Fabiano pensou agradecido.

No terceiro dia, a notícia: Salete havia ido embora de casa, fora com Eloy. Mais falatórios: de que Salete arrumara duas malas com suas melhores roupas, despedira-se dos pais e que Eloy fora de carro à porta de sua casa e os dois partiram.

Um mês se passou, os comentários sobre este ocorrido escassearam para se falar de outro escândalo. Fabiano voltou a sair de casa para passear, encontrar amigos, ia a barzinhos, ao cinema e se esforçava para aparentar estar bem. Trabalhava muito, distraía-se e cansava o corpo para dormir e evitar pensar em Salete; queria, precisava, esquecê-la. E neste período não teve mais os pesadelos.

"Esses sonhos", concluiu Fabiano, "não se repetiram por piedade, talvez por estar sofrendo com a decepção amorosa. Dois pesadelos seriam demais. Um ocorre comigo acordado; o outro, dormindo. Os dois são ruins!".

Os dias se passavam rotineiros.

CAPÍTULO 3

Encontros agradáveis

Quarenta e três dias depois do rompimento do namoro, Fabiano teve de novo o pesadelo, mas desta vez diferente, o sonho foi muito confuso: estava carpindo, um homem veio chamá-lo, ele não atendeu e correu para o outro lado, depois voou, mas foi novamente atraído para as ruínas, porém não como das outras vezes em que via a casa como fora antigamente, e sim como ela estava atualmente: ruínas. Escutou: *"Não fuja, Benedito! Resolva seus problemas! Venha!"*. Ele não quis ir, mas não conseguiu vencer a atração, caiu de joelhos à frente da casa, voltou a ver o local como ele fora. Ao cair de joelhos, foi arrastado, deitou e sentiu o atrito da terra e pedrinhas, sentiu se machucar. Escutou novamente: "*Venha*". Fabiano se levantou e correu, se viu no seu quarto, segurou-se na sua cama, mas não conseguiu resistir, voltou às ruínas. Esforçou-se para não entrar no galpão, segurou-se abraçando uma árvore e chamou: "Ajude-me, meu Deus!". Acordou.

Desperto, compreendeu que não fizera barulho e sentiu forte a sensação de estar esfolado. Acendeu a luz do quarto e se olhou: nenhum ferimento, mas a sensação continuou por minutos, de que estava machucado. Tentou se acalmar. Concluiu:

"No meu sonho, eu chamei pela ajuda de Deus. É isto! Tenho de orar!"

Orou, foi se acalmando e dormiu.

Acordou e decidiu:

— Vou procurar ajuda! Consultarei um profissional psiquiátrico.

Como sempre ocorria após ter esses pesadelos, se sentiu cansado, triste, levantou-se e não disse nada, entendeu que desta vez não fizera barulho, porque sua mãe não comentou. Certamente, como sempre, passaria o dia cansado, mas se esforçaria para estar bem.

No trabalho, seu funcionário comentou:

— Nosso trabalho renderia mais se tivéssemos uma camionete. Não entregaram as verduras até agora. Ficaria muito mais barato buscá-las na chácara.

Fabiano pensou:

"Tenho dinheiro guardado, era para o casamento, mobiliar a casa, mas, como não haverá mais casamento, posso usá-lo para comprar um veículo. Será muito útil e terei mais lucro."

Em casa comentou com os pais:

— Será muito bom, meu filho — concordou o pai. — Poderá fazer entregas, buscar mercadorias, e estas não atrasarão. Será de fato muito bom você ter uma camionete. Penso que o dinheiro que tem dará para comprar uma e boa.

Conversando com os clientes, amigos e parentes, concluiu que o melhor lugar para comprar era na cidade vizinha, maior e distante sessenta quilômetros. Entusiasmou-se e, trabalhando muito, resolveu pintar o cômodo do mercadinho, foi pensando menos em Salete.

"Salete fez uma escolha pensando que era melhor para ela. Não posso mais pensar nela."

Esforçava-se, e muito, para não pensar e, de fato, os pensamentos foram escasseando.

Um mês depois foi à outra cidade tentar comprar uma camionete. Quando saía, o fazia raramente, sua mãe ficava no mercadinho para ele. Almoçou, pegou o ônibus e foi. Resolveu também marcar uma consulta com um médico psiquiatra.

Na cidade, foi primeiro ao local indicado, de um comerciante de veículos usados. Fabiano sabia dirigir; na sua cidade, o comum era que alguém que já soubesse ensinasse a outros. Dois dos seus tios tinham veículos: um deles possuía um carro; o outro, caminhão; e foram os dois que o ensinaram e a seus primos.

Encontrou o local e se admirou com os veículos que tinham ali, o proprietário lhe mostrou duas camionetes e garantiu estarem em bom estado. Optou por uma que seu dinheiro poderia comprar. Fez o cheque, e o proprietário pediu para ele ir buscá-la três horas mais tarde para organizar os documentos.

Fabiano entendeu que o proprietário que lhe vendera o veículo iria descontar o cheque ou se certificar de que havia fundos. Resolveu procurar o consultório do médico e, pelas muitas consultas, poderia somente ser atendido após quarenta e dois dias.

Fabiano deixou marcado e se espantou com o preço da consulta. Na cidade em que morava as consultas eram bem mais razoáveis.

"É um especialista, me deram informação de que ele é muito bom. Se me livrar dos pesadelos, valerá a pena."

Resolveu ir ao centro da cidade passear um pouquinho até o horário de pegar a camionete, mas, distraído, caminhou para o outro lado. Olhando a rua, tentou saber onde estava, ele já havia ido muito a esta metrópole, todos os moradores da cidade em que residia costumavam ir lá para fazer compras, passear e, até como ele, se consultar com médicos especialistas.

Viu um centro espírita, e aberto. Interessou-se. Parou na frente do outro lado da rua.

"Um centro espírita! Espíritas mexem com espíritos ou os entendem. Quem sabe eles não entendem estes meus pesadelos e me ajudam a compreendê-los?"

Já tinha ouvido falar da religião dos espíritas, que eles eram muito fraternos e caridosos.

"Todos nós temos almas! Isto é certo! Por que uma alma quando deixa o corpo não pode assombrar? São espíritos assombrados que certamente estão nas ruínas e é por isso que sonho. Será que eu posso entrar?"

Sentiu-se como que atraído, atravessou a rua e entrou devagarinho, passando pela porta. Não sabia o que fazer, ficou de pé, com vergonha de olhar o local. Uma senhora ia se aproximar dele, mas um homem com um sinal foi o que se aproximou. Gentil, o convidou:

— Quer se sentar, amigo? Sente-se aqui. Quer conversar?

Fabiano o olhou, era um homem que devia estar com sessenta anos, de aspecto agradável, sorriso franco, que apontou para um dos cantos do salão. Fabiano sentou-se, e o senhor, ao seu lado. Numa olhadela rápida, observou o local, estava num salão; além da porta de entrada, havia mais duas portas que estavam fechadas e, do lado esquerdo de quem entrava, estava uma grande estante com livros. No salão, havia muitas cadeiras e ali estavam várias pessoas conversando.

— Sou Sérgio, prazer em tê-lo aqui. Como está?

— Eu? Bem... Chamo-me Fabiano. Desculpe-me, nem sei se o senhor pode me ajudar.

— Fale de seu problema que eu tentarei auxiliá-lo.

— Como sabe que tenho um problema?

— Não tem? — Sérgio sorriu.

— Tenho. É o que sonho. Tenho pesadelos que se repetem e que me incomodam. Sonhos são avisos?

— Sonhos repetidos podem, sim, ser avisos para que tentemos resolver alguma situação. Por que você não me conta? Posso ouvi-lo e aconselhá-lo.

— Moro em outra cidade! — exclamou Fabiano.

Sentiu vontade de contar; desde que entrara sentiu-se bem, mais tranquilo e, olhando para aquele senhor, teve a certeza de que era confiável; falando devagar, começou a contar.

— Sonho com as ruínas; desde que fui lá, era meninote, passei a ter esses pesadelos, ocorrem em média uma vez a cada dois meses. Acordo com o coração disparado, ofegante e nesse dia me sinto cansado. Vou fazer um resumo do pesadelo, mas os sonhos são pedaços que estou encaixando.

Fabiano contou. Sérgio prestou atenção.

— Já ouvi muitas histórias dessas ruínas — comentou Sérgio. — Tenho curiosidade de ir ver o que de fato ocorre nesse lugar. Você, quando criança, deve ter se impressionado com a visita que fez a esse lugar, mas deveria ser por um ou dois sonhos. Penso que algo aconteceu com você em sua outra encarnação que o marcou; você deve ter algumas lembranças e sonha. Você acredita em reencarnação?

— A teoria de que nós nascemos muitas vezes?

— Sim — esclareceu Sérgio —, somos espíritos que ora vivem com o corpo físico, este de carne e ossos, ora em espírito; isto por determinado tempo, ora no Plano Espiritual, ora no Plano Físico. E, quando voltamos ao corpo carnal, esquecemos, graças ao Pai Amoroso, para reiniciarmos nossa caminhada. Mas pode ocorrer de determinados acontecimentos ficarem mais gravados em nós, no nosso espírito, e podem transmitir isso ao cérebro físico, são lembranças. Porém às vezes essas recordações podem aparecer em sonhos, e, se esses fatos não foram bons, são pesadelos. Vamos lhe dar um passe, dar a você energias salutares. Por favor, escreva neste caderno seu nome e endereço. Você pode voltar na quarta-feira neste horário? Vamos ajudá-lo. Você quer saber mais sobre o espiritismo?

— Sim, quero! — afirmou Fabiano.

— Vou lhe dar dois livros e marcarei algumas páginas para ler primeiro, isto para que entenda o que ocorre com lugares assombrados.

Três pessoas se aproximaram de Fabiano, estenderam as mãos em sua direção e oraram baixinho. O moço se sentiu tão bem que até suspirou.

— Muito obrigado! — agradeceu ele. — Estou me sentindo bem. Irei ler os livros e voltarei.

Pegou os livros, agradeceu novamente e saiu; havia, mais à frente da rua, um hospital; distraído, sentindo-se leve, contente, como há dias não se sentia, foi andando e viu, ao lado do hospital, uma padaria com várias mesinhas, onde vários trabalhadores tomavam café. Pagou as fichas no caixa, pegou seu café e bolo e procurou um lugar para se sentar. Ao fazer isso, viu uma moça sozinha, vestida de branco, numa mesa. Olhou-a com atenção, achou-a linda, delicada, muito clarinha, cabelos castanho-claros, era magra e lhe pareceu pequena. Não era costume dele fazer isso, mas, atraído, aproximou-se, pediu licença e sentou-se à sua frente. A moça o olhou e sorriu.

— Chamo-me Fabiano. Tenho de esperar... o horário para um compromisso. E você?

— Eu? — a moça pareceu não entender.

— Como se chama?

— Daniela! Também estou esperando. Tenho de voltar ao hospital às dezessete horas, e não compensa ir para casa, resolvi fazer um lanche.

— Trabalha no hospital? — Fabiano perguntou.

— Estou fazendo residência. Não sou da cidade. Você é daqui?

Ficaram conversando, tomaram o lanche, parecia que eram amigos de longa data. Fabiano até passou do horário. Mas, antes das dezessete horas, despediram-se e marcaram um encontro para o sábado à noite, para irem a uma festa.

Fabiano foi rápido pegar a camionete. Prestou muita atenção nas explicações que o proprietário deu para dirigi-la, pegou os documentos e, tranquilamente, se sentindo bem, fez a viagem de volta pensando em Daniela.

"Ela é delicada, parece uma flor, é linda. Que bom poder ir a uma festa com ela!"

Apesar de ter confundido umas marchas, retornou facilmente. Pelo horário, foi para casa, os pais e a irmã se alegraram e quiseram dar uma volta; apertados, os quatro foram às casas dos avós mostrar o veículo. Voltaram para casa e Fabiano foi dormir; quis ler os textos que o senhor Sérgio marcara, mas estava cansado, orou e dormiu.

No outro dia foi de camionete para o mercadinho e se organizou para, no outro dia, pegar as mercadorias. Tinha de levantar mais cedo, e o funcionário abriria o comércio.

Estava entusiasmado, contente, e pensou em Daniela. O que o encantava nela era a delicadeza.

"Realmente, ela tem tudo a ver com a profissão que escolheu: médica pediatra."

Após fechar o mercadinho, não foi para casa, mas para a da sua tia Abadia. Ela ficou contente por ele e observou:

— Meu sobrinho, o que mais aconteceu, além da compra do veículo?

— Titia, ao andar pela cidade, pois tinha de esperar para pegar a camionete, fui marcar uma consulta com o médico psiquiatra, mas ele está de férias e com muitas consultas marcadas, agendei a minha para daqui a quarenta e dois dias.

— Médicos psiquiátricos fazem um trabalho muito importante, porém você não precisará mais e desmarcará a consulta. O que mais aconteceu na viagem de ontem?

— Passei por uma rua e vi um centro espírita que estava aberto porque eles, nas quartas-feiras à tarde, fazem um atendimento fraterno. Entrei e conversei com um senhor, que me escutou. Contei dos pesadelos, ele pediu para voltar na próxima quarta-feira, me deu dois livros e marcou algumas páginas para eu ler. Titia, eu me senti tão bem, leve, tranquilo, fiquei em paz.

Abadia levantou-se e abriu a porta debaixo de uma cristaleira, esta parte era fechada com madeira. Fabiano viu muitos livros.

— São livros espíritas, a coleção de Allan Kardec e alguns romances maravilhosos — mostrou Abadia.

— A senhora conhece a Doutrina Espírita? — Fabiano se admirou.

— Sim, tive, necessitei procurar algo que me orientasse, explicasse o que ocorre comigo. Do porquê de eu ter visões quando jogo as folhas. Realmente amei essas leituras.

— A senhora acredita em reencarnação? — Fabiano quis saber.

— Sim, pela reencarnação, obtive explicações para as diferenças entre as pessoas e seus modos de viver.

— O que é a reencarnação para a senhora?

Abadia suspirou, pareceu se concentrar e respondeu:

— No livro O *Evangelho segundo o Espiritismo*, de Allan Kardec, tem uma bela definição: "é a volta da alma ou espírito à vida corpórea, mas em outro corpo especialmente formado para ele e que nada tem de comum com o antigo".[1] Tem uma definição também de que gosto muito e está numa obra de Hermínio Miranda, no livro *Crônicas de um e de outro*, é: "Reencarnação é a lei que determina que venha um espírito habitar sucessivamente vários corpos. Somente ela explica as diferenças materiais, intelectuais e morais entre os homens. Somente ela engrandece Deus e torna perfeita a Sua justiça".

— Nossa, titia, a senhora tem estudado mesmo! — Fabiano se admirou.

— Sim, tenho estudado e, quanto mais estudo, mais gosto; por esses ensinamentos, tenho me consolado e tranquilizado. Sou grata a esse entendimento. Agora, conte-me o resto.

— Resto? — Fabiano sorriu.

— Sim, o brilho no seu olhar. O que aconteceu?

— Titia, encontrei-me com uma moça...

Fabiano contou.

— Lembra-se — Abadia disse — que vi para você um outro amor e que este o faria feliz? Somente não pensei que ocorresse logo.

---

1 N.A.E.: Texto do capítulo 4, item 4.

Fabiano se despediu, foi para casa, jantou e foi para seu quarto; abriu *O Evangelho segundo o Espiritismo* na primeira marcação: capítulo dezesseis, "Servir a Deus e a Mamon", item quatorze, "Desprendimento dos bens terrenos". Leu com atenção e entendeu que não se deve ficar preso a bens materiais, porque o preso é preso.

"Talvez", pensou, "nas ruínas, devem existir espíritos que ficaram lá por não querer deixar o que temporariamente lhes pertenceu".

Passou para a outra marcação: capítulo vinte e oito, "Coletânea de preces espíritas", item setenta e cinco, "Pelos espíritos endurecidos".

"É o que deve estar nas ruínas", concluiu, "espíritos que se complicaram e tentaram complicar a outros. Interessante!".

Pegou o outro exemplar que ganhara, *O livro dos médiuns*, também de Allan Kardec, e abriu na marcação: capítulo nove, "Locais assombrados".

Fabiano achou muito interessante por ser de perguntas e respostas. Leu rapidamente, achando a leitura envolvente. Depois voltou a ler com atenção. A primeira pergunta: "Os espíritos se apegam somente às pessoas ou também às coisas?". Resposta: "Isso depende de sua elevação. Certos espíritos podem apegar-se às coisas terrenas. Os avarentos, por exemplo, que viveram escondendo as suas riquezas, se não estão suficientemente desmaterializados, podem ainda espreitá-las e guardá-las".

"Será que é isso o que aconteceu nas ruínas?", Fabiano se perguntou. "Está parecendo que sim."

Foi relendo o capítulo e meditou em alguns textos, como: o item doze, "Eles só parecem assombrar certas habitações porque encontram nelas a oportunidade de manifestar a sua presença"; o item treze, "Portanto, atrai os bons espíritos, fazendo o maior bem possível, que os maus fugirão, pois o bem e o mal são incompatíveis. Sede sempre bons e só tereis bons espíritos ao vosso lado"; e o item quatorze: "Os espíritos que se ligam a locais ou coisas materiais nunca são superiores, mas, por não serem superiores, não têm de ser maus ou alimentar más intenções. São mesmo, algumas vezes, companheiros mais úteis do que prejudiciais, pois, como se interessam pelas pessoas, podem protegê-las".

"O que me surpreende", o moço concluiu, "é que o que escutei e li não me parecem novidade, sinto que sabia isso. Talvez minha alma saiba. Estou gostando".

Como Fabiano viu nas preces espíritas uma oração para antes de dormir, a leu com atenção, rogou a Deus para dormir tranquilo, não ter pesadelos, e adormeceu.

Uma nova rotina ocorreu no seu trabalho, e estava sendo muito proveitosa. De fato, ao buscar verduras, legumes e frutas, podia escolhê-los e os trazia fresquinhos. Contratou outro empregado, um mocinho. No sábado, se arrumou todo e levou uma troca de roupa, iria dormir numa pensão, e foi se encontrar com Daniela.

Foi muito agradável estar com ela novamente, e a festa estava muito boa, conversaram animados e pareciam se entender em tudo. No domingo, pela manhã, se encontraram de novo, tomaram café na padaria e depois foram a um jardim muito bonito e florido num bairro da cidade. Ela tinha de trabalhar, seu plantão começaria às quatorze horas. Fabiano, lembrando que estaria na cidade na quarta-feira, marcou um encontro à tarde na padaria.

Deixou-a na frente do hospital e voltou para casa. Todos notaram como ele estava bem, feliz, e não mudou de humor quando a mãe contou sobre os comentários a respeito de Salete, de que ela estava morando na mansão da família de Eloy e que mandara notícias para os pais de que estava bem. Fabiano escutou calado, preferiu não dar importância e aproveitou o resto da tarde e da noite para ler os livros que ganhara do senhor Sérgio. Pegou *O Evangelho segundo o Espiritismo* e começou a ler pelo início. Surpreendeu-se na primeira página: "Fé inabalável é somente aquela que pode encarar a razão, face a face, em todas as épocas da humanidade".

Leu a explicação, o prefácio e até o item dois da introdução: "Autoridade da Doutrina Espírita. Controle universal do ensino dos espíritos".

"Que interessante!", concluiu. "Ouvi muito falar em samaritanos, nazarenos, fariseus, estribas e sinagogas, mas não sabia realmente o que eram. Agora sei e também quem foram de fato Sócrates e Platão. Pelo que li, este livro é uma fonte preciosa de ensinamentos."

Organizou-se para ler os dois livros. Primeiro iria ler *O Evangelho segundo o Espiritismo*, depois o outro. Todas as noites lia com carinho a oração para antes de dormir e pedia para não ter mais os pesadelos.

Esperou ansioso pela quarta-feira para ir ao centro espírita e contar para o senhor Sérgio o tanto que se sentia bem e agradecê-lo novamente. E depois rever Daniela.

"Ter ido à cidade vizinha para comprar a camionete me deu sorte, tive dois bons encontros, no centro espírita e com Daniela. Foram encontros agradáveis."

CAPÍTULO 4

Fatos ocorridos

Dizendo à mãe que necessitava ir à outra cidade, ela foi substituí-lo no mercadinho. Fabiano foi mais cedo e, lá, direto para o centro espírita.

Quando chegou, eles, o grupo, estavam abrindo; os cumprimentou, agradeceu e deu a notícia de que estava bem. O grupo abriu o trabalho com uma oração, Fabiano acompanhou; após, em pensamento, fez a dele:

"Jesus, eu agradeço o auxílio que recebi. Obrigado. Agradeço a estas pessoas que estão aqui e aos desencarnados que me ajudaram. Protejam-me! Peço-lhes para não ter mais aqueles pesadelos."

O senhor Sérgio o convidou para sentar num canto do salão e foi estar com eles uma mulher.

— Esta é Suely, uma trabalhadora da casa. Fabiano, no nosso trabalho de orientação a desencarnados, ajudamos dois espíritos que estavam nas ruínas. Conversamos com eles, lhes demos atenção e tentamos orientá-los. Vou contar a você o que soubemos nessa conversa.

Sérgio fez uma pausa. Fabiano estava interessado e, curioso, indagou:

— Eu faço parte dessa história? Terei sido o Benedito?

— Sim — respondeu Sérgio. — Você nasceu, cresceu na fazenda na época em que tiveram início os conflitos que resultaram, após, no assombramento do lugar, ou seja, lá ficaram desencarnados que afastavam visitantes. A antiga sede dessa fazenda é hoje as ruínas. Você era filho de empregado e, meninote, tornou-se funcionário de lá, como seu pai. Adolescente, começou a namorar com Cândida, mocinha muito bonita, filha de moradores do lugar. Ela trabalhava como empregada na casa dos patrões.

Fabiano, conforme ia escutando, parecia que via a fazenda, as plantações, o gado, a casinha em que morava com os pais e cinco irmãos; depois a moça, a Cândida, e lembrou que ela era a mulher que queria proteger e que morreram juntos e assassinados. Ele chorou.

Sérgio lhe deu um lenço de papel.

— Estou emocionado! O senhor falou e as cenas vieram à minha mente. Continue, por favor — pediu Fabiano.

— Namorando, faziam planos de morar juntos, ter filhos e estar bem. Mas, para os empregados ali, a vida era difícil, muito trabalho e ganhavam pouco. Então os fatos mudaram, Cândida foi assediada por Afonsinho, o filho do patrão, o senhor Afonso.

O moço era filho único, era mimado pelos pais. Cândida ficou indecisa no começo, mas acabou por optar pelo Afonsinho e foi morar na casa-sede, ganhou roupas novas e aparentemente estava bem. Você sofreu muito por ter sido desprezado e preterido. Um ano se passou e você ainda sofria, então resolveu ir embora, procurar, longe dali, outro emprego. Um dos seus irmãos decidiu ir com você. Mas, infelizmente, nas nossas vidas sempre tem um "mas", um irmão de Cândida o procurou e lhe deu o recado de que ela queria falar com você, disse que era para ir encontrá-la no final do pomar, perto do abacateiro. Você foi...

— Lembro desse abacateiro — interrompeu Fabiano. — Era uma grande e bela árvore. Fui a esse encontro, parece que sinto agora o que senti, meu coração disparado.

— Você está bem? Quer que eu continue? — Sérgio se preocupou e o observou.

— Sim — Fabiano foi lacônico.

— Estou lhe contando o que escutamos daquele que foi o proprietário da fazenda...

— O senhor Afonso, o pai de Afonsinho — interrompeu Fabiano.

— Sim, e do empregado...

— Leocácio, o homem que me matou.

Sérgio voltou a contar:

— Leocácio, que tirou seu espírito do corpo físico quando você recebia o nome de Benedito, na sua encarnação anterior a esta. Estou contando a você porque ter lembranças fragmentadas está lhe perturbando. Sabendo de tudo, resolvendo o que ainda está confuso, você não terá mais esses pesadelos que o incomodam.

— Não são muitas pessoas que recordam o passado, não é? Sua anterior encarnação... — Fabiano quis saber.

— Não! — foi Suely quem o esclareceu. — Temos, ao reencarnar, o esquecimento, que é uma graça para iniciarmos uma nova trajetória, porém traumas que nos marcaram muito podem surgir como lembranças e, se não as entendemos, são confusas e podem perturbar. Quase sempre são lembranças de ocorridos marcantes, fortes. Às vezes essas recordações acontecem espontaneamente; outras, desencarnados podem provocá-las, uns para ajudar e outros para perturbar. O que ocorreu com você, na sua outra encarnação, foi muito marcante, mas você lembrou somente de alguns fatos e, por não entendê-los, estes o estão perturbando e causando desconforto. Acredito que agora, entendendo e resolvendo, essas lembranças não terão mais importância, porque passaram, foram resolvidas e ficaram no passado. Você, Fabiano, está na estatística dos poucos que recordam a vida passada espontaneamente e, agora, sendo-lhe narrados os acontecimentos, está se lembrando com detalhes.

— Ser assassinado inocente — concluiu o moço — me marcou. Mas ainda bem que era inocente, porque hoje estou bem, e o assassino, não. Mas também recordo que senti muito por não ter conseguido salvar a mulher que amava. Estou um pouco assustado, mas tudo é verdade. Sei, sinto. Por favor, conte o resto, tudo o que souberam, quero agora resolver o que ficou pendente, sem respostas.

Sérgio voltou a contar:

— Você foi ao encontro; Leocácio, que vigiava Cândida, a seguiu e viu vocês dois. Cândida, ao se encontrar com você, queixou-se de que não estava bem, mas vivendo num inferno. Afonsinho e ela se davam bem, mas ele estava viajando muito a trabalho, ela pensava que o pai o mandava ir a muitos lugares para afastá-lo de casa, dela. Ela era humilhada, e a sogra, dona

Hermilda, a fez abortar por duas vezes. A proprietária da fazenda não queria que Afonsinho fosse pai do filho da empregada. Os pais de Afonsinho esperavam que o filho se cansasse dela e aceitasse se casar com uma moça escolhida por eles. Cândida queria fugir, sentia medo e lhe pediu ajuda, a você, que ela pensava que ainda a amava.

— Sim — disse Fabiano —, ela tinha razão, eu a amava. Sinto agora o que eu senti naquele momento, dó dela. Recordo-me de que eu contei a Cândida que estava planejando ir embora da fazenda e que poderia levá-la.

— Planejava — Sérgio voltou à sua narrativa. — Afonsinho retornaria à fazenda para, dias depois, viajar novamente, então fugiram. Cândida lhe contou que havia pegado da casa escondido alguns objetos que julgava ser de valor e enterrado ao lado do abacateiro onde estavam e que, antes de fugir, os desenterraria e também levaria as joias, presentes que Afonsinho lhe dera. Iriam para longe e iniciariam a vida juntos. Você se alegrou e contou para seus pais; embora eles tenham ficado preocupados, concordaram. Afonsinho veio e viajou novamente, vocês dois iriam fugir na madrugada, mas duas horas depois que Afonsinho partira, você estava trabalhando, carpindo, um empregado o chamou, você foi para a frente da casa, depois para o galpão e foi assassinado. Vocês dois foram socorridos, não ficaram juntos no Plano Espiritual, mas se encontravam sempre, anos depois reencarnaram. Ambos, Cândida e você, perdoaram e não quiseram ter vínculo com o passado.

Sérgio fez outra pausa e, observando Fabiano interessado, continuou:

— Mas a história continuou. O casal Afonso e Hermilda ordenou a Leocácio que enterrasse seus corpos no galpão e ali já estavam outros, desafetos que foram também assassinados.

| 47

Falaram a todos na fazenda que vocês dois fugiram. Seus pais e irmãos, como também a família de Cândida, sabendo que vocês planejavam fugir, acreditaram, embora seus pais tenham estranhado por você não ter levado roupas, mas pensaram que fora por Cândida ter dinheiro por ter roubado a casa-sede. Quando Afonsinho retornou e soube da suposta fuga, sofreu e quis ir atrás de vocês, o pai não deixou, e ele resolveu se casar com a moça escolhida, mas tudo tem um "porém" e Afonsinho foi morar longe, na fazenda dos pais de sua esposa. Hermilda fez tudo pensando que seria melhor para o filho. Ela sabia fazer abortos, os fizera nela e em outras mulheres, e em Cândida sem ela querer. Foi a primeira a desencarnar, mas antes ficou muito doente, por uma infecção; sentia-se apodrecer e exalava um mau cheiro terrível. Desencarnou, foi atraída para o Umbral e continuou a sofrer, arrependeu-se, foi socorrida, ficou um tempo num posto de socorro e reencarnou.

— A Martina! — exclamou Fabiano. — Sim, deve ser ela! Num dos meus pesadelos vi a Hermilda e, de repente, ela era Martina. Uma senhora deformada, ou seja, deficiente, e mendiga, que mora na cidade em que resido. Quando sonhei prestei mais atenção em Martina e passei a ajudá-la mais do que costumava. Nossa! Como se tem responsabilidade pelos erros cometidos! Jesus! Maria! José!

— Sim, Fabiano, temos realmente muitas responsabilidades — concordou Sérgio. — Muitas vezes, ao errar, fazemos alguém também errar. E o retorno vem sempre, a lei da ação e reação é infalível. Que bom que ajuda essa senhora. Retornarei aos fatos ocorridos: Os pais de Leocácio também eram empregados da fazenda, assim como ele, e acabou sendo o funcionário de confiança de Afonso, o faz-tudo, e este "tudo" infelizmente era o trabalho sujo, como surrar desafetos, fazer alguns roubos e foi usado para matá-los. O senhor Afonso sentiu a ingratidão do filho por ele ter ido morar longe, na fazenda do sogro, e não ter dado mais atenção aos pais; raramente ia visitá-los e disse que não queria a visita deles. Afonso concluiu que, se o filho tivesse ficado com Cândida, estaria com ele na fazenda. Desencarnou numa queda de cavalo e, rancoroso, odiou o filho, que, ao receber a fazenda de herança, a vendeu. O antigo proprietário ficou preso ao lugar e aos objetos que ele enterrara para o filho não ficar com eles. Leocácio gostava de ser temido, empregado de confiança e faz-tudo; para não perder esse privilégio, fez muitos atos indevidos, maus. Os pais dele e os irmãos sentiam vergonha dele, foram embora da fazenda, mas, antes de irem, a mãe lhe falou: "Leocácio, filho ingrato, que nos envergonha, que você fique aqui e para sempre!". Esta mãe, ao falar isso, quis, ordenou que ele não fosse atrás deles, da família. Mas Leocácio, com a consciência pesada, sabia que agia errado ao cometer os crimes e recebeu a ordem da mãe como uma praga e, para ele, praga de mãe era poderosa e certa. Desencarnou assassinado por um empregado da fazenda vizinha a mando do patrão, por ele ter roubado gado. E ali ficou. Resumindo: estão nas ruínas aquele que foi o proprietário da fazenda, a guardar o que ele enterrou, e o Leocácio, pela praga da mãe. Os dois aprenderam a usar da energia do lugar e das pessoas que vão lá e normalmente sentem medo; o medo é energia forte, e assim eles podem materializar o som das gargalhadas, conseguir pegar objetos e jogá-los, e se divertem com essas proezas.

— Eles não sofrem? Fizeram tantas maldades e se divertem assustando? — Fabiano se admirou.

— Sofrem, sim — afirmou Suely. — Os dois, presos por si mesmos num local que se deteriora e sozinhos, passavam dias e dias sentindo solidão e com muitas lembranças desagradáveis, porque não esqueciam suas ações maldosas. Sim, eles sofrem, mas, ao assustar pessoas, acham graça e saem um pouco da rotina, do marasmo. Pense: Como você se sentiria se ficasse assim, como eles ficaram?

— Eu?! — Fabiano se surpreendeu com a pergunta, pensou por três segundos e respondeu: — Sofreria muito. Sou ativo, gosto de ver e conversar com pessoas, trabalhar para mim é bênção, porém sei que gostos se diferem. Estou entendendo, os dois devem ter sofrido, foram muitos anos presos lá. Tomara que agora possam viver de forma diferente e ter atividades sadias. Gostaria de saber o porquê de eu sonhar com as ruínas, o porquê dos meus pesadelos.

— Sua desencarnação — explicou Sérgio — por assassinato marcou muito seu espírito, você era inocente, pessoa boa, trabalhador, tanto que, ao ter seu corpo físico parado suas funções, foi socorrido. Quando você visitou as ruínas, seu espírito lembrou e mandou alguns fatos para seu cérebro físico, que recebia essas lembranças como sonhos.

— Faz sentido! — exclamou o moço.

— Você quer ajudá-los? — indagou Sérgio.

— Ajudar duas pessoas que agora são assombrações e que anteriormente foram injustas comigo?!

— Sim! — respondeu Sérgio tranquilamente. — Responda-me: Qual de vocês três está em situação melhor? Você, que anteriormente sofreu uma injustiça, ou eles, que a cometeram? Lembro-o de que você os perdoou; talvez, quando você estava desencarnado e vivendo no Plano Espiritual, pode ter constatado que essa injustiça fora um retorno ou uma prova para você ser capaz de perdoar. Você perdoou! E por que não ajudá-los?

— Desculpe-me, senhor Sérgio, mas como eu, precisando de ajuda, posso ajudá-los? Realmente não sei. Sim, eu os perdoei, sinto isto, tanto que não quero que eles sofram. Mas, sinceramente, não quero me envolver com eles, com assombrações. Os senhores aqui não podem auxiliá-los?

— Sim e vamos — afirmou Sérgio. — Você não ajuda aquela que foi a Hermilda?

— Sim, mas ela não é assombração. — Fabiano estava sentindo medo.

— Não chamamos — esclareceu Sérgio — espíritos que agem assim de "assombrações", mas de desencarnados que ainda não receberam, por não quererem, orientações. Todos nós somos espíritos: se vestimos um corpo carnal, estamos encarnados; se nos despimos dele, estamos desencarnados. Não há por que temê-los. Há uma coisa que eles querem que você faça.

— Não faço nada! Não mesmo! Tenho medo de espíritos que não estão vestindo o corpo carnal. Tenho sido assombrado por eles com esses pesadelos! — Fabiano suspirou.

— Você não quer saber o que conversamos com eles? Como estamos tentando ajudá-los? — perguntou Suely.

Fabiano demorou uns cinco segundos para responder e, quando o fez, perguntou em tom baixinho:

— O que os senhores fizeram?

— Leocácio — respondeu Sérgio —, o fizemos entender o sentido das palavras de sua mãe. Esta senhora no momento está encarnada. Ele aceitou a ajuda que oferecemos, quer lhe pedir perdão. Todas as pessoas que ele assassinou o perdoaram e estão reencarnadas. Ele quer lhe mostrar o lugar em que Cândida, roubando a casa, enterrou os objetos para pegá-los quando fosse fugir e, como ele a seguiu, viu e sabe onde estão. O Afonso quer que vamos às ruínas e peguemos o que ele escondeu e que por tantos anos guardou.

| 51

— Ir às ruínas? Ir lá? É isto o que tenho de fazer? — perguntou Fabiano.

— Sim, mas você não irá sozinho, iremos juntos — explicou Sérgio.

— Sendo assim, os senhores indo, posso ir — concordou ele. — Mas quando iremos?

— Marcaremos um horário. Pode ser no domingo à tarde? Será bom resolvermos isso logo. Se é este fato, os tesouros, que os estão prendendo naquele lugar, vamos resolver, para que eles possam seguir seus rumos, ser orientados e talvez reencarnar. Iremos Suely, eu e um outro companheiro, nos encontraremos com você na estrada e nós quatro iremos às ruínas e tentaremos fazer o que os dois querem. Você, resolvendo esse fato, acredito que não terá mais os pesadelos que não quer mais ter.

— Por que sonho? — perguntou Fabiano novamente.

— Quando você foi lá, Leocácio o reconheceu como o antigo Benedito. Ele se amargurou na época por tê-lo matado, foram amigos, cresceram juntos e ele lhe devia favores. Ao reconhecê-lo, quis lhe dar os tesouros escondidos.

— Mas eu não os quero! — interrompeu Fabiano. — Sei até o lugar em que Cândida os escondeu; se ninguém os encontrou e pegou, estão lá. Cândida me mostrou onde escondeu e eu recordei.

— Você pode fazer o que quiser. Aquela área tem dono, irei falar com o proprietário, o conheço, porque tudo o que está lá atualmente pertence a ele. Se ele não quiser nem você, irá para a assistência social, para o sustento de muitos necessitados.

— É uma boa ideia — concordou Fabiano. — Mas por que sonhava? Os sonhos, o senhor não explicou.

— Os dois, sabendo que estava dormindo, o chamavam; você ia às ruínas, seu espírito, e lá revia os acontecimentos de forma incompleta; com medo e por serem recordações desagradáveis, via como pesadelos.

— Os dois não me chamando mais, não sonharei. É isto?

— Sim, é — afirmou Sérgio.

— Então é melhor eu ir! Senhor Sérgio, será que Martina foi a dona Hermilda?

— Afonso, na nossa conversa, contou que todos que lá estiveram naquele período, que viveram esses fatos, estão reencarnados, somente os dois que não. Hermilda sofreu naquela mesma encarnação e continuou seu padecimento desencarnada. Pode ser ela a Martina, porque você a reconheceu. Um fato verdadeiro é que recebemos o retorno de todos os nossos atos; não podemos, porém, esquecer que o recebemos das ações boas também.

— Existe mesmo esse retorno! Aqui se faz, aqui se paga! — exclamou Fabiano. — Estou curioso. Como os senhores conversaram com eles, com o senhor Afonso e com Leocácio?

— A conversa ocorreu — explicou Sérgio — no trabalho de orientação a desencarnados que fazemos nas segundas-feiras aqui mesmo no centro espírita.

— Desobsessão é a mesma coisa que essa orientação? — Fabiano quis saber. — Já ouvi falar em desobsessão, que é uma pessoa que é médium falar o que um espírito quer.

— Sim, é — esclareceu Suely. — Pessoas que têm mediunidade ostensiva e que aprendem a lidar com ela podem ser mediadoras, repetir o que um desencarnado quer comunicar, e outra pessoa encarnada, conversar com ele, orientá-lo. Foi assim que soubemos a história de vida dos dois desencarnados que estão nas ruínas. É muito bonito esse trabalho.

— Deve ajudar mesmo! — concordou Fabiano. — Se eu morrer e ficar por aí sem rumo, gostaria de ser orientado.

Combinaram o encontro, seria mesmo no domingo às quatorze horas. Fabiano agradeceu, se despediu e foi se encontrar com Daniela. Não queria pensar, durante o encontro, no que ouvira. Decidiu pensar quando estivesse em casa. Estava atrasado, se desculpou, ficaram conversando e lancharam.

Daniela falou a ele que naquele final de semana iria visitar os pais.

— Eu tenho um carro e dirijo — contou a moça.

Fabiano achou o máximo. Se veículos eram poucos, as mulheres dirigindo eram bem menos. Daniela disse que iria na sexta-feira à tarde e voltaria no domingo à noite. Contou que tinha um irmão e uma irmã que eram casados e tinha dois sobrinhos.

— Onde você estudou? Em que cidade? — Fabiano quis saber. Na cidade em que estavam não havia universidades nem faculdades.

— Na cidade em que moro, na que meus pais residem — respondeu Daniela.

— E por que veio fazer residência aqui? Tem parentes nesta cidade? — ele estava curioso.

— Não tenho parentes, e conhecidos são com quem convivo no momento. Optei pela pediatria e resolvi trabalhar da maneira melhor que me era possível, me dedicar de verdade à profissão que escolhi. Soube quando ainda estudava que nesta cidade, clinicando neste hospital, tem um médico pediatra que é muito bom. Fiquei curiosa com o que escutei dele e vim para conhecê-lo. De fato ele é fantástico, é caridoso, estudioso e tem um método de clinicar que me atraiu. Pedi para fazer residência aqui e aprender com ele. O hospital e esse médico me aceitaram, e vim.

— O que tem esse médico de tão especial? — Fabiano quis saber.

— Ainda não entendi direito. Ele pede exames como os outros, mas nas consultas ele parece se concentrar e analisar a criança com o olhar, usando das mãos, as passando pelo corpo delas, e acerta o diagnóstico. Perguntei o que ele faz, e este bondoso médico me respondeu que ele ausculta o corpo, indaga à mente infantil o que tem o corpo e recebe a resposta.

— Será que o que ele faz é paranormal?

— Talvez seja — respondeu Daniela —, penso que é por isso que é tão difícil ele ensinar. Perguntei como ele consegue fazer isso e recebi a resposta: "Ame! É o amor a resposta".

"Talvez ele seja espírita ou tenha mediunidade e a use para fazer o bem", pensou o moço.

— Esse médico é religioso?

— Perguntei isso a ele — disse Daniela —, respondeu que não tem rótulo e que segue o ensinamento de Jesus: "Faça ao outro o que quer que, se precisar, alguém faça a você". Admiro esse médico. Estou gostando muito de trabalhar com ele e desse hospital.

— Mas voltará, não é? Retornará à sua cidade?

— Está usando a sua paranormalidade comigo? — Daniela riu. — Sim, voltarei, dois aqui é demais. Quero ser útil na minha cidade.

No horário em que Daniela tinha de retornar ao hospital, ele a levou até a entrada e marcaram para se encontrar na quarta-feira seguinte.

Fabiano retornou; como estava chovendo forte, teve de prestar atenção na estrada. Foi em casa, após o jantar, no seu quarto, que pensou em tudo o que escutara no centro espírita.

— Faz tudo sentido — falou sozinho em tom baixinho. — Quando fui às ruínas, eles me reconheceram, embora meu espírito esteja revestido de outro corpo, mas fui o Benedito. Penso que eles não queriam me atormentar, mas que eu os ajudasse. Estão lá há muitos anos: um, com a consciência pesada, reconheceu que muito errou e ficou no lugar que a mãe ordenou; o outro, para vigiar o que escondera e também pelas maldades que fez. Quem é preso a bens materiais, de fato, com toda certeza, é preso. Eu não voltaria lá sozinho, isto nunca, mas, com o senhor Sérgio e com a dona Suely, irei, eles me dão segurança. Depois, se os dois desencarnados que assombram as ruínas forem embora e não me chamarem mais, não irei mais lá enquanto durmo e não terei mais esses pesadelos. E, como Daniela irá visitar os pais nesse final de semana, não vamos nos encontrar. No domingo, almoço e saio, irei de camionete ao ponto de encontro e partiremos para as ruínas. Se Deus quiser, e Ele quer, resolverei este assunto e adeus, pesadelos!

"Como o espiritismo é importante!", pensou. "Vou ser espírita! Na quarta-feira convidarei tia Abadia para ir comigo. Aguardarei o domingo com ansiedade! Será que Afonsinho é o Eloy? Ele, no passado, deve ter gostado de Cândida, os pais o faziam viajar e talvez ele não soubesse que os pais a maltratavam nem que a obrigaram a fazer dois abortos. Afonsinho casou com quem os pais escolheram e foi morar longe, deixou os pais morando sozinhos. Foi ingrato? Talvez não! Deve ter escolhido morar com os sogros. E Cândida? Será que ela é atualmente Salete? Afonsinho e Cândida se reencontraram, talvez Salete sempre o tenha amado. Com certeza ela quis bem o Benedito e depois a mim, como Fabiano, mas amava o outro. Mas, nesta encarnação, Eloy tem outros pais; dona Hermilda está reencarnada, deve ser a Martina; e o senhor Afonso está desencarnado e nas ruínas. Se este fato não fosse um acontecimento tão sério, diria que é engraçado. Se antes, como Benedito, sofri por Cândida, agora sofri bem menos por Salete. É a segunda vez que ela me troca. A vida é assim mesmo, às vezes é difícil escolher quem amar. Desta vez, passou tão rápido que estou agora duvidando de se eu amava Salete, penso que não. Estou muito interessado em Daniela, ela é tão delicada! O fato é que sarei logo da desilusão!"

Continuou pensando tanto em Daniela como nas histórias das ruínas em que foi um dos participantes. Não duvidou, tinha a certeza absoluta de que o que escutara era real e verdadeiro.

Dormiu sossegado.

CAPÍTULO 5

Conversas interessantes

Logo cedo, no mercadinho, uma cliente conversou com Fabiano. Comentou:

— Você me parece bem. Já esqueceu a namorada?

Ele sentiu vontade de contar que já a substituíra, mas nem sabia se estava ou não namorando, e, se falasse, poderia dar uma hora para muitos da cidade saberem. Respondeu sorrindo:

— Nada dura para sempre, namoros passam como nuvens no céu. De fato, me sinto bem.

— Admiro você — disse a senhora —, não respondeu ao insulto, porque o que Salete fez a você foi um insulto. É assim que se deve fazer. Um dos meus irmãos, somos oito, matou a

AS RUÍNAS

companheira; ele morava com uma moça, fora antes casado, separou-se e foi morar com esta mulher; ele soube que estava sendo traído, verificou, era verdade, e a matou. Resultado: essa mulher tinha três filhos de uma união anterior que ficaram sem mãe e foram morar com a avó, sofreram por isto, ficaram órfãos de mãe. Os filhos do meu irmão, meus sobrinhos, que moram com a mãe, sofreram e ainda sofrem o preconceito de ter pai assassino e preso, e também financeiramente, porque, sem a mesada do pai, passam por dificuldades. E meu irmão, preso, sofre muito. É um horror se vingar, meu irmão arrependeu-se, e muito, mas arrependimento não basta, foi condenado e está no presídio.

— Eu nunca mataria alguém! — exclamou Fabiano. — Não mesmo! É vida que segue!

Fabiano pensou no que escutara. Certamente, esse homem, traído, quis a desforra. Tornou-se um assassino e fez sofrer muitas pessoas e a ele mesmo. Se tivesse ido embora, se separado da companheira, com certeza estaria bem, assim como os envolvidos, e talvez estivesse até com outra mulher.

Eram dez horas quando ele viu Martina indo, andando muito devagar, para a praça onde, como de costume, se sentava num banco para esmolar. Ele agora, indo para o trabalho de camionete, não passava mais, como antes, perto dela. Resolveu conversar com Martina: pegou frutas, as colocou numa sacola e foi levá-las para ela, que pegou a sacola e agradeceu. Fabiano sentou-se ao seu lado.

— Maçãs! Bananas! Laranjas! — exclamou Martina sorrindo. — Comerei em casa. Pico a maçã em pedacinhos, amasso as bananas, mas a laranja aperto o gomo na boca. É assim que as como. Gosto de frutas!

"Ela tem dificuldade para mastigar", pensou Fabiano.

— Estou notando que você está mais tranquilo — observou Martina. — Isto é bom! Será um novo amor?

Fabiano mexeu a cabeça e não respondeu.

"Será que estou demonstrando tanto assim?", pensou.

— O amor, meu jovem — disse Martina —, traz alegria quando duas pessoas são companheiras, ambas olham para a mesma direção e têm os mesmos objetivos de vida; embora possam ter diferenças, sabem se respeitar. Quando amamos, nos sentimos menos sozinhos. Quem se sente só normalmente exige amor do outro sem se dedicar a ele. Eu não tenho o amor de um parceiro, companheiro, mas amo e recebo amor, talvez seja por isto que, sendo sozinha, não me sinto só.

— Como sabe tudo isso? — Fabiano se admirou.

— Li num livro. Sua tia Abadia me empresta muitos livros. Aprendo com eles.

"Tia Abadia? Devem ser livros espíritas", concluiu o moço.

— A senhora acredita em reencarnação? — perguntou ele.

— Olhe-me! — Martina fez uma pausa e continuou a falar. — O que vê? Uma pessoa com deficiência a esmolar, porque eu nunca consegui fazer algo para meu sustento. Nasci assim. Por quê? Erros, pecados dos meus pais? Não! Meus pais eram pessoas simples e boas; se fosse por este motivo, teria eu morrido quando eles faleceram. Que sentido tem eu ser castigada por erros de outra pessoa? Eu, sofrendo com deficiência, estaria sofrendo no lugar de alguém? Claro que não! Ninguém toma um remédio para o outro sarar. Também não faz sentido afirmar que, eu assim, ao morrer, irei para o céu. Eu tenho consciência de que posso agir certo ou errado. Posso fazer maldades usando da linguagem porque raciocino. Posso matar alguém, roubar; posso, então, querendo, fazer maldades. E aí? Agindo errado, mas com deficiência, posso ir para o céu? Claro que não! Porém, se eu não raciocinasse e errasse, o erro não existiria? Talvez não. Mas quem não raciocina normalmente não consegue fazer muitas coisas. Uma existência não fazendo nem o bem nem o mal e sofrendo seria boa somente para quem a vive, porque esta pessoa foi provada pela dor; com certeza, será, ao falecer, orientada a voltar e agir certo para estar bem consigo mesma. Eu, nesta vida, não estou fazendo nada de mal e, dentro do meu possível, faço o bem. Porém, se fosse somente pelas minhas deficiências eu morrer e ir para o céu, Deus seria injusto com as pessoas sem deficiências. Se pensarmos bem neste fato, concluímos que esta opinião não é justa. Pensar que Deus nos fez assim porque quis é a pior conclusão sobre o assunto que se pode ter. Minha deficiência é para que eu aprenda. Somente entendemos muitas deficiências pelos esclarecimentos da reencarnação. Eu sinto que fiz muitos atos errados na minha existência passada; sinto, tenho a certeza, de que fui arrogante, orgulhosa, desprezava pessoas pobres. Ainda bem que esquecemos. Mas o bom é que resgato e acredito que, ao ter este corpo morto, poderei ser sadia, porque, sem me revoltar, estou curando meu espírito.

— A senhora é bem-humorada! — observou Fabiano.

— Ainda bem! — Martina riu. — Quando passamos por situações difíceis com bom humor tudo fica mais fácil. Distraio-me conversando com as pessoas; posso, nestas conversas, dar ânimo a alguém, alegria, e talvez por este motivo ganhe mais coisas. Agora, se eu fosse mal-humorada, minha vida seria com certeza mais difícil; pessoas sem humor são desagradáveis e passam a ser evitadas. Escolhi ser alegre, e sou!

— A senhora está sozinha mesmo? — Fabiano quis saber.

— Moro sozinha, mas tenho vizinhos que são meus amigos. Do lado direito da minha casinha, mora uma mulher com três filhos, o marido os abandonou. Ajudamo-nos mutuamente: eu lhe dando o que tenho de excesso e ela me dando atenção. Tenho em casa um sininho que, se precisar, principalmente à noite, toco e ela vem correndo me acudir. Além de conversar com ela, animá-la, eu também os protejo. Gosto de ser útil!

"Que diferença! Hermilda e Martina! Como ela está aprendendo! Aprender pelo amor é bem mais fácil, mas, quando recusado, a dor ensina! No caso dela, e deveria ser assim para todos os que sofrem, junto da dor aprende com amor. Hermilda aprende como Martina no presente. Que bom!"

— Gosto da senhora! — Fabiano foi espontâneo.

— Isto é bom! Ouvir isto gratifica o meu coração. Emocionei-me. Talvez você seja alguém precioso à minha alma. O presente é a resposta do passado.

Fabiano se despediu e voltou ao trabalho.

"Salete", pensou, "não gostava de Martina e não sabia explicar bem o porquê, dizia que não se sentia bem perto dela e às vezes pensava que ela era uma má pessoa. Até dava esmolas, mas não conversava com a mendiga e não gostava de ficar perto de Martina. Talvez inconscientemente Salete sentisse que Martina era a antiga Hermilda, que muito a maltratou. Está explicado por que, ao vermos algumas pessoas, gostamos delas ou não. Mesmo esquecendo nossas encarnações anteriores, temos algumas lembranças, que são mais sensações".

À tarde, uma vizinha de sua tia Abadia foi fazer compras e lhe deu o recado dela:

— Falei para Abadia que vinha aqui, e ela me pediu para dizer a você para passar lá, na casa dela, quando fechar o mercadinho.

Fabiano agradeceu e decidiu ir. Fechou seu comércio e passou na casa de sua tia.

— Que bom que veio! — exclamou Abadia, lhe dando um abraço. — Fiz os pastéis que gosta. Sentemo-nos aqui para comermos enquanto conversamos. Como está?

— Estou bem, titia. Estava querendo mesmo vir aqui para convidá-la a ir comigo num centro espírita da cidade vizinha. Irei na quarta-feira e queria que fosse comigo.

— Que bom! — entusiasmou-se Abadia. — Irei, sim, obrigada pela lembrança. Nossa! Estou contente! Conte-me como é lá, o que eles fazem nesse atendimento.

Fabiano contou e determinou:

— Passo aqui e pego a senhora às quatorze horas, quero ir antes para desmarcar a consulta do médico psiquiatra, penso que agora não preciso mais de um médico. Acredito que estou resolvendo o problema dos meus pesadelos. Lá eu a apresento, converso com eles, e depois irei me encontrar com Daniela. A senhora poderá ficar no centro espírita, eles encerram o trabalho às dezessete horas, e Daniela, nesse horário, volta ao trabalho no hospital. Pego a senhora e voltamos. Que tal?

— Para mim será ótimo! Estou contente com a possibilidade de ir. Ficarei lá desfrutando do local, orando e quero também conversar com eles.

— Lembro-a, titia, de que é segredo; por enquanto, ninguém sabe que estou indo a um centro espírita nem me encontrando com alguém.

— Sim, não falarei a ninguém — prometeu Abadia.

— Por que me chamou, titia? Foi somente para me ver?

— Quis mesmo saber se você está bem.

— Estou, sim, entusiasmado com Daniela — contou Fabiano. — Se esse relacionamento evoluir para um namoro, contarei para todos. Titia, por favor, jogue as folhas para mim, mas depois dos pastéis; estão deliciosos, mas não posso comer muito, terei de jantar.

Quando terminaram de comer, Abadia foi ao jardim, colheu as folhas e, após limpar a mesa, concentrou-se, orou e as jogou para o sobrinho.

— É que...

— Fale, titia, por favor — pediu Fabiano.

— Vamos começar com os acontecimentos bons: você deve namorar mesmo essa moça, que é uma pessoa boa, mas ela guarda um segredo.

Abadia fez uma pequena pausa para olhar bem as folhas.

"Todos nós", concluiu o moço, "temos algum segredo, Daniela deve ter o dela, eu não contei a ela ainda do meu envolvimento com Salete. Com certeza ela deve ter tido alguns namorados. Devem ter sido namoros sem importância; mesmo se os teve, não devem ser mais relevantes".

— Aqui — Abadia voltou a falar — está também marcada uma mudança. Irá morar em outro lugar. Li as folhas para Flávia esta semana e confirmaram que ela irá estudar como quer e também marcaram uma mudança, e de cidade. Embora você não tenha mais pensado em Salete, ela ainda faz parte da sua vida, e ela está pensando em você; Salete não está bem, não vive como sonhou, e deve retornar.

— Titia, realmente não estou interessado em Salete. Se eu ainda a amasse, talvez a aceitaria, mas, não estando mais sentindo falta dela, penso que talvez eu não a amasse. Se ela voltar, não será porque me ama, mas porque não deu certo.

— De fato — Abadia concordou —, não vejo vocês dois juntos de novo. Separaram-se mesmo.

— O que foi que a senhora viu primeiro? — Fabiano quis saber.

— Você passará por algo desagradável, será injustiçado e se aborrecerá.

— Passarei? Então passará e espero que tudo acabe bem.

"Deve ser algo referente aos espíritos das ruínas, com certeza me aborrecerei com eles", pensou Fabiano.

Abadia recolheu as folhas e as deixou de lado. Fabiano fez à sua tia uma pergunta que há tempos queria fazer:

— Titia, é verdade que a senhora terminou um namoro porque viu nas folhas que não daria certo?

Fabiano escutara isto de sua mãe e das outras tias.

— Foi — respondeu Abadia. — Vou contar a você o que aconteceu. Namorei um moço por três anos e foi nessa época que me interessei em aprender a jogar folhas. A índia Poti, que me ensinou, jogava para mim e me alertava que esse moço não era boa pessoa. Ele era trabalhador, mas bruto e com tendências violentas. Prestando atenção nele, vi de fato que, com ele, eu não seria feliz. Por duas vezes ele me deu chacoalhões, apertou meu braço, puxou meus cabelos. Eu joguei as folhas para mim e me vi numa encruzilhada: se ficasse com ele e casasse, com certeza teria uma vida difícil, ia ser surrada, humilhada, traída e infeliz. Anos atrás, mulheres tinham vida mais difícil, agora melhorou e acredito que no futuro será bem mais fácil; a moça que namorasse firme raramente arrumava outro namorado e, se separasse do marido, era discriminada. Muito triste! Optei por me amar. Terminei o namoro, mas não foi somente pelas folhas, como a família comenta, foi mais pelas atitudes dele.

— Esse moço aceitou numa boa o término do namoro? Como está agora? — Fabiano estava curioso.

— Não aceitou, me perseguiu a ponto de meu pai e dois irmãos o ameaçarem. Tive de ficar em casa sem sair porque ele falava que, se eu namorasse outra pessoa, me mataria. Fiquei quase dois anos sem sair. Ele foi embora da cidade, mora longe daqui, casou, é um péssimo marido. Desiludi-me e não me interessei mais em namorar; depois, não surgiu ninguém interessante, e fiquei solteira. Com certeza escolhi o caminho melhor para mim.

— Com certeza, titia — concordou Fabiano. — Vive melhor. Mas por que não mora com meus avós, seus pais?

— Quis ter meu cantinho, um lugar somente para mim. Recebi, de herança do meu padrinho, esta casa; ele fez um testamento e me deixou duas casas; a outra, eu alugo. A família me ajuda e eu os ajudo, pois estou sempre disponível para fazer favores. Financeiramente, dá para tudo que preciso. Morando sozinha, tenho liberdade de: ler os meus livros no horário que quero; aceitar convites como o que recebi de você, sem precisar dar satisfação; jogar folhas; e receber em casa quem eu quero. Depois, o lar de meus pais é casa de avós, todos da família vão muito lá. Preferi ter o meu cantinho.

— A senhora se arrependeu da decisão que tomou naquela época?

— Não! — Abadia suspirou. — Eu sofri porque gostava dele, mas precisava gostar mais de mim e não agi pensando somente no presente, mas também no futuro. Se ele era agressivo namorando, imagine quando casado! Ele gostava de mim; sim, ele no começo me amava, mas não com o amor que eu queria, aquele sentimento que quer o bem do ser amado, não somente o dele. O amor dele era possessivo. Eu teria sido uma propriedade dele. Escolhi me amar porque, se não me amo,

| 67

não poderei amar as pessoas. Sofri na época, mas passou. Realmente fiz o que deveria ter feito, o melhor para mim.

— Titia, admiro a senhora! — Fabiano foi sincero. — Como a senhora consegue ver, ler as folhas?

— Penso que as folhas são um meio para eu ver o astral, a energia da pessoa, o que ela está pensando, planejando ou o que está planejado para ela. Devo ser médium, ter uma mediunidade específica para conseguir fazer isto. Mas é como caem as folhas na mesa, como elas ficam, que me mostra certas coisas, acontecimentos. Por elas, eu faço o bem, dou bons conselhos, transmito segurança, bom ânimo e apaziguo brigas. Assim como também oro para a pessoa que aqui vem por este motivo, lhe desejando o bem.

— Isso é bom! — exclamou o moço.

— Lembre sempre, meu sobrinho, que, quando temos de escolher entre duas ou mais coisas, caminhos, não devemos somente pensar no presente, mas nos assegurarmos se será bom para o futuro. Espero-o na quarta-feira.

Abadia se levantou, Fabiano agradeceu, se despediu, foi para casa e, no caminho, pensou:

"Tia Abadia recebe ajuda dos irmãos, dos pais, faz pequenos trabalhos manuais, conserta roupas, faz doces para freguesas e recebe o aluguel da outra casa. A família gosta de auxiliá-la porque ela está sempre os ajudando, e assim vive bem. As conversas que tive hoje foram muito boas, proveitosas para mim. Titia tem razão, temos de estar atentos às escolhas que fazemos e não nos esquecer de que elas podem refletir no futuro, porque o futuro será presente um dia."

Ainda bem que a mãe de Fabiano não prestou atenção ao prato que ele fez para jantar, normalmente eles jantavam às dezoito horas; se ele se atrasasse, jantava sozinho.

Foi dormir cedo. Os três dias seguintes, quinta, sexta-feira e sábado, passaram-se rotineiros, e ele aguardava ansioso o domingo para ir às ruínas, acabar de vez com aquele episódio e não ter mais pesadelos. Resolveu não sair no sábado à noite, foi para o quarto e continuou a ler *O Evangelho segundo o Espiritismo*. Flávia, como um furacão, entrou no seu quarto.

— Fabiano! — o chamou em voz alta. — Você não vai sair? O quê?! Está lendo? Meu Deus! Um livro espírita! O título mostra. Vou contar para a mamãe. Que horror! Será que foi a tia Abadia quem lhe deu? Ler esses livros é pecado. Mamãe irá ralhar com você.

— Flávia! Flávia! — Fabiano teve de repetir o nome dela para que a mocinha parasse de falar. — Sente-se aqui ao meu lado. Estou, sim, lendo um livro espírita. Mas não foi a tia Abadia quem me deu, foi outra pessoa. Estou gostando. Esta leitura está me fazendo raciocinar. Irá contar à mamãe? Pode fazê-lo, mas antes quero que me escute. Pense: contando, está ou não fofocando?

— Penso que não! Fofoca não é algo errado?

— Sim, é — afirmou o irmão. — Pode ser a fofoca de um fato real. Você me viu lendo um livro espírita, entrou no meu quarto sem bater. Deveria ter batido, como foi lhe ensinado. Irá contar algo que eu de fato estou fazendo, não estará mentindo nem inventando. Mas pense: o que isso lhe trará de bom? Você se alegrará se mamãe me der uma bronca? Você se sentirá bem em arrumar uma confusãozinha no nosso lar? O que de mau ocorrerá comigo com essa leitura? Você teria obrigação de contar à mamãe se eu estivesse fazendo algo que resultasse num fato errado ou prejudicial. Ler algo não quer dizer nada. Porém digo a você que estou gostando por estar entendendo muitas coisas.

Sofri, sofremos, e recentemente com fofocas. Elas foram inventadas? Não! Foram de fatos reais. Eu estava namorando, pensando em noivar, casar e fui traído. Você se lembra?

— Claro que sim! Eu também sofri; por dias escutei esse fato e fui muito indagada, as pessoas queriam saber com mais detalhes, foi bem desagradável. Você tem razão, as fofocas sobre você e Salete foram, na maioria, verdadeiras, algumas aumentadas, mas não inventadas, e todas feriram. As piores são as inventadas. Você tem razão, se não gosto, não gostei de você ter sido o alvo das fofocas, não devo participar de nenhuma.

— Pense sempre, Flávia, no que aconteceu ou acontecerá se falar isso ou aquilo de alguém. Será bom ou não? Estou lendo um livro espírita, estou gostando, achando coerente, mas estou lendo somente. Você indo contar a mamãe, o que poderá acontecer? Talvez nada; eu explicando, ela com certeza entenderá, mas pode ser que mamãe não goste e não entenda e aconteça em casa uma situação desagradável. Você irá gostar se isso ocorrer?

— Não! Desculpe-me, irmão, não irei contar nada — prometeu Flávia.

— Tudo bem! Se eu sentir necessidade de contar aos nossos pais sobre essas leituras, eu mesmo o farei. Flávia, preste atenção para não ser divulgadora de fofocas. Fofocas, quando maldosas, são maledicências. Maledicência é o ato de falar mal das pessoas, e estas podem ferir e magoar muito. Comentar ações alheias não resolve problema nenhum. Quando participamos de um fato assim, criamos em nós uma vibração ruim, energia nociva e demonstramos que temos instintos inferiores. É algo tóxico!

— Nossa! Não tinha pensado nisso! Você tem razão, irmãozinho. Sofremos com aqueles falatórios e temos de aprender a lição. Não iremos mais participar de fofoca, e de jeito nenhum se ela for maledicente.

— É isso aí, irmãzinha! O que veio fazer no meu quarto? — perguntou Fabiano.

— Perguntar por que não saiu.

— Não estou com vontade, simplesmente isto.

— Vou deixá-lo ler. Boa noite! — despediu-se Flávia.

Fabiano pensou que recentemente havia tido conversas interessantes e pensou no que dissera à irmã.

"Sofri muito pelo que Salete fez, não foi fácil ter sido alvo de fofocas e até de maledicências. Vou prometer a mim mesmo não participar de nenhuma das duas: fofocas e maledicências."

Leu mais um texto, orou e dormiu.

CAPÍTULO 6

As ruínas

No domingo, por mais que tentasse se distrair, Fabiano não conseguia se desligar da visita que faria logo mais, não conseguiu nem se concentrar na leitura. Esforçou-se, e muito, para não demonstrar sua ansiedade aos familiares. Conversou o essencial, almoçou, disse que ia dar uma volta, pegou a camionete e saiu. Foi direto para as ruínas. Chegou ao lugar marcado, onde, da estrada, ia para a trilha. Parou e esperou, estava adiantado, permaneceu dentro da camionete e, no horário marcado, viu um carro vindo da sede da fazenda. O veículo parou ao lado dele, desceram três pessoas: Sérgio, Suely e um moço.

— Boa tarde, Fabiano! — cumprimentou Sérgio, sorrindo, e apresentou o moço: — Este é Alberto, companheiro nosso de trabalho, médium da casa.

Fabiano os cumprimentou, e Sérgio explicou:

— Fomos antes à sede da fazenda, conheço o proprietário, pedi licença para ele para estarmos aqui. Contei que, pelo nosso trabalho, soubemos que desencarnados vagam pelas ruínas e que um deles nos disse que escondeu alguns objetos lá quando estava encarnado e quer que os desenterremos. Pela lei, o que está no lugar da propriedade é dela. O proprietário nos recebeu muito bem e afirmou que, se nós livrarmos as ruínas das assombrações, isso é o que ele pode receber de melhor, será um presente. Disse que, se esses fantasmas estão presos a esses objetos enterrados, ele os quer bem longe. Repetiu que não quer nada das ruínas. Falamos também ao proprietário da possibilidade de encontrarmos ossadas humanas no antigo galpão. Ele se benzeu e nos autorizou, se encontrarmos, a avisar as autoridades e tomar as medidas cabíveis. Ele disse que se sente incomodado com as pessoas visitando as ruínas e que já teve inúmeros problemas com estas excursões, como roubo de pequenos objetos e até de milho, frutas etc. Relatou que uma vez fez cerca de arame e não durou nem um mês, pessoas arrebentaram a cerca e ainda levaram os arames. Resolvido com o proprietário, iremos agora lá, para as ruínas. E se, de fato, encontrarmos ossadas humanas, as deixaremos no lugar, não iremos desenterrá-las; após, eu irei avisar as autoridades para que as desenterrem e as levem para um cemitério. Você, para todos que ficarão sabendo, não fará parte disto, ninguém ficará sabendo que esteve aqui conosco, isto para evitar falatório envolvendo você. Hoje iremos, viemos para isto, ver o que ainda está prendendo estes dois desencarnados aqui e para deixarmos este lugar desabitado. Não será mais assombrado. Tudo bem para você, Fabiano?

— Sim, eu os agradeço. Seria para mim muito difícil ser alvo de novo de comentários. Penso que seja melhor mesmo, se aqui houver ossos humanos, que sejam levados para o cemitério. Vamos! A caminhada é pequena, mas prestem atenção nos inúmeros buracos.

Os quatro caminharam rumo às ruínas atentos ao caminho. Fabiano observou que Alberto pegou no carro uma pá e a levou. Chegaram e pararam em frente da antiga casa. O coração de Fabiano disparou.

— Realmente, eu não gosto deste lugar! — expressou Fabiano.

— Entendemos — Suely sorriu.

Os quatro olharam o lugar; a equipe espírita o examinou observando todos os detalhes. Fabiano sentiu algo, para ele, estranho. Ora parecia ter outro corpo, o de Benedito, ora o dele, Fabiano. Por duas vezes o lugar lhe pareceu diferente, nada de ruínas, jardim bem cuidado, árvores frondosas, as construções bonitas, a estrada plana e sem buracos. Mas, quando quis prestar atenção, a visão sumia e voltava às ruínas. Quis falar, mas não conseguiu, sentiu-se travado, preferiu confiar nas pessoas que estavam com ele.

— Aqui estamos, Afonso e Leocácio — disse Sérgio em voz alta —, para fazer o que nos pediram e para que vocês dois também cumpram o que disseram e aceitem a ajuda oferecida. Vamos orar: "Jesus, Amado Mestre, em Seu nome pedimos que bons espíritos venham ao nosso auxílio, para que possamos ser orientados, para orientar e para que todos os envolvidos fiquem bem".

— Eu estou os sentindo aqui — alertou Alberto. — E o Afonso está pedindo para irmos primeiro ao galpão.

| 75

Os quatro se dirigiram para a frente dos restos da construção que fora outrora o galpão.

— Prestem atenção — recomendou Sérgio —, esses pedaços de paredes e o que resta do telhado podem cair.

O telhado a que Sérgio se referiu era somente alguns pedaços de madeira.

— Aqui! — mostrou Alberto.

Fabiano e Suely ficaram à frente do antigo galpão, não entraram. Alberto começou a cavar; tirou, com a pá, terras de um determinado lugar. Cavou uns trinta centímetros e apareceram ossos. Com cuidado, Alberto pegou um crânio.

— É humano! — confirmou Sérgio. — Realmente, aqui foram enterradas pessoas.

— São de fato ossos humanos! — Alberto examinou. — Os dois desencarnados não mentiram.

— Vamos colocar no lugar — determinou Sérgio. — Alberto, não cave mais, o que vimos é o suficiente para que as autoridades venham aqui, vejam e levem as ossadas.

Fabiano se sentiu melhor, as visões pararam e ele agora somente via as ruínas; comentou:

— Lembro que eu fui levado para dentro do galpão e Leocácio atirou em mim e em Cândida. Será que ninguém viu? Era de manhã. Aqui moravam pessoas, muitos empregados. Será que não escutaram barulhos de tiros?

Por uns segundos ninguém respondeu. Alberto voltara à terra para o buraco que fizera. Fabiano entendeu que ele escutava alguém; depois ele falou, com certeza repetiu:

— Afonso disse que, quando ele queria fazer algo de errado, ele tomava providências, como mandar os empregados trabalharem em outro lugar, não deixava nenhum na sede da fazenda. As empregadas da casa ficavam na cozinha. Ficavam na frente somente os três, e os barulhos dos tiros não chamavam atenção porque tanto Afonso quanto Leocácio costumavam treinar, atirar no quintal ou no jardim. Ninguém viu ou desconfiou do que os dois faziam.

Alberto colocou a terra no lugar e, para ninguém perceber que esta foi removida, colocou em cima tijolos e algumas madeiras.

— Fará diferença esses ossos irem para o cemitério? — perguntou Fabiano. — Os ossos do corpo físico que eu usei anteriormente devem estar aí, como também os da Cândida.

— Para alguns espíritos — respondeu Sérgio esclarecendo —, não faz diferença, mas pode fazer para outros; de qualquer forma, para tudo há lugares certos. Será bom esses ossos irem para um ossário, principalmente para os dois, Afonso e Leocácio.

Fabiano compreendeu e concordou com a cabeça.

— Sabendo — disse Alberto — que aqui há ossos humanos e que serão levados das ruínas, estamos resolvendo um item. Vamos agora aos objetos enterrados!

— Eu sei onde Cândida enterrou o que ela pegou da casa — contou Fabiano. — Vamos para lá!

Caminharam para os fundos das ruínas, da antiga casa-sede, o local que anteriormente fora um pomar.

— Tudo está muito diferente! — observou Fabiano. — Era aqui que estava o antigo abacateiro; no pomar, havia muitas árvores frutíferas. Olhem o vestígio de madeira, a árvore foi cortada. É aqui mesmo. A árvore estava aqui. Naquela tarde me encontrei com Cândida, eu me posicionei deste lado e ela desse, me mostrando ter enterrado onde ela estava. Devem estar neste local. Alberto, você quer que eu cave?

— Sim. — Alberto lhe deu a pá.

Fabiano cavou, não devia estar fundo, aumentou a largura do buraco e encontraram vestígios de tecidos apodrecidos. Com cuidado, Fabiano e Alberto se agacharam e, com as mãos, retiraram a terra e os pedaços de tecidos que envolviam três objetos, os retiraram também. Um dos objetos era uma caixinha de metal prateada, com desenhos em relevo muito delicados, media uns quinze centímetros de comprimento por uns oito de largura.

— Essa caixa deve ter sido usada como um porta-joias — observou Suely.

Ela pegou a caixa, limpou, era de fato uma peça muito bonita, e a abriu; dentro estava um anel, possivelmente de ouro, como as outras peças, pois estavam reluzentes. Suely também pegou uma corrente e dois brincos: um com um rubi, como o anel; e o outro somente de ouro.

— São peças bonitas! — exclamou Suely.

— E de fato são joias, por terem continuado bonitas assim — observou Alberto.

Embrulhado em outro tecido, um maço de notas, dinheiro da época.

— Esse dinheiro agora não tem valor, e não era muito nem para a época. Vale para colecionador — opinou Sérgio.

— Aqui está um leque, o tecido dele apodreceu, mas o cabo é de madrepérola , é uma peça também antiga. — Suely mostrou o leque.

— Isto foi de Cândida, que escondeu para fugir. Será que é dela nesta encarnação? Ela, Salete, não deveria saber? Opinar?

— Fabiano, você se lembrou de sua encarnação anterior, com certeza deve haver motivos para isso. Quando passar este período, você, estudando o espiritismo, poderá compreender o porquê de ter se recordado. Mas Cândida, reencarnada, não se lembra. Você reconheceu em Martina a antiga Hermilda, ela não teve nenhuma lembrança do passado. Se Salete foi mesmo Cândida e não se lembrou, você não deve fazê-la recordar. Ao reencarnarmos, temos a benção, a graça do esquecimento. Ela não deve ser perturbada. Você sofreu com essas lembranças, que vieram como pesadelos. Os outros, reencarnados, se não lembrarem, devem continuar assim. Depois, Cândida roubou estes objetos.

— Tem razão — concordou Fabiano. — Ninguém mais dos encarnados que foram envolvidos nesses acontecimentos devem lembrar. Mas de quem serão esses objetos?

Alberto estava calado e, concentrado, falou:

— Afonso está dizendo que tudo o que acharmos é de Fabiano.

— Cruz-credo! Meu não! — exclamou Fabiano, depois moderou. — Agradeço o senhor Afonso, mas não os quero, porém, se ele falou que é meu, posso doar para a assistência social do centro espírita? Vocês podem vender e transformar em alimentos, agasalhos, e fazer pessoas contentes e crianças felizes. Não pode ser assim?

— Leocácio está chorando — contou Alberto —, arrependido por tê-lo assassinado quando você era o Benedito, diz que você é bom. Os dois, Afonso e Leocácio, estão contentes com sua decisão.

— Então está combinado — afirmou Fabiano aliviado. — Quero pedir para os dois não me chamarem mais, porque não quero ter mais os pesadelos.

— Eles serão socorridos, irão para um abrigo de socorro a desencarnados no Plano Espiritual e não o chamarão mais. E você, entendendo todos os acontecimentos que ocorreram aqui, não sonhará mais — garantiu Suely.

— Podemos ir embora? — pediu Fabiano.

— Temos de desenterrar o que Afonso escondeu — lembrou Alberto. — Ele está pedindo para pegarmos e está contente por ser transformado em caridade, diz que lamenta não ter feito nada para os pobres quando estava encarnado. Devemos ir para a frente da casa.

Suely colocou os objetos que Cândida escondeu dentro de uma sacola e os tecidos danificados em outra. Fabiano fechou o buraco com a terra retirada e colocou gravetos em cima para não demonstrar que o local fora remexido.

Voltaram à frente. Fabiano estava com vontade de ir embora, sentia uma sensação estranha, ora parecia estar correndo por ali como criança, ora moço, às vezes preocupado ou cansado pelo excesso de trabalho pesado. Tonteou quando reviu a cena dele à frente da casa e ouviu a ordem de ir para o galpão.

— Calma, Fabiano! — pediu Sérgio. — Estamos finalizando e logo iremos embora.

Fabiano respirou várias vezes profundamente. Suely retirou da mochila que estava à suas costas uma garrafa d'água e lhe deu, o moço tomou e se sentiu melhor.

— É ali! — apontou Alberto. — Naquela parte do antigo jardim. — Caminharam para o local apontado, que ficava à esquerda de quem estava em frente à casa, afastado uns vinte metros das ruínas.

— É nessa pedra! — mostrou Alberto.

Olharam para a pedra, que era grande e pesada.

— Essa pedra grande é a marcação, abaixo dessa menor é que está enterrado — Alberto completou a informação.

— Vamos então tirar a pedra e cavar — decidiu Sérgio.

Os três homens, com o auxílio da pá e de um galho forte, tiraram a pedra, que devia pesar uns quarenta quilos, do lugar. Alberto, revezando com Fabiano, cavou o buraco. Depois de cavarem uns cinquenta centímetros, a pá bateu num objeto e fez barulho. Alberto se ajoelhou no chão e, com as mãos, retirou um pouco de terra e pegou o primeiro objeto. Era uma bolsa de couro, que estava apodrecida. Com cuidado, retirou de dentro maços de notas de dinheiro.

— Como as outras que encontramos, que Cândida escondera, não têm valor, era o dinheiro usado muitos anos atrás. Porém, na época, era uma fortuna, estas notas eram de alto valor — observou Suely.

— Talvez possamos vender para colecionadores. Vamos ver o que tem mais — decidiu Sérgio.

Alberto retirou mais um pouco de terra e pegou uma caixa de madeira, que estava detonada.

— É com certeza um cofrinho, um porta-moedas — mostrou Alberto chacoalhando a caixa.

Sérgio a pegou e forçou a pequena abertura, que estava trancada; não abriu, mas o fundo da caixa se soltou e ele a virou com rapidez. Estava cheia de moedas.

— Penso que estas moedas valerão mais para colecionadores também — observou Sérgio. — Alberto, veja se tem mais alguma coisa.

Alberto tirou mais terra e encontrou um vaso de louça; Suely o pegou e o limpou, era uma peça bonita e com tampa. Ela retirou a tampa e dentro havia joias: dois colares, três pulseiras, dois brincos e seis anéis, todos de ouro, e a maioria com pedras vermelhas, rubis, e dois anéis com pedras de esmeraldas.

— Joias, antigamente, eram mais valiosas, mas estas são antigas e bonitas — observou Suely.

Ela pegou uma por uma e as limpou. De fato eram bonitas, um dos colares tinha três pedras grandes de rubi.

— Este colar — mostrou Suely — deve fazer parte de um conjunto, os brincos e o anel que estavam entre as joias que Cândida escondeu. Com certeza eram de Hermilda, ela devia gostar de rubi. Vejam este de esmeralda! Que colar bonito! Este anel, a pedra parece ser de brilhante.

— Porém esse anel está enferrujado — mostrou Fabiano.

— Uma falsificação no meio das verdadeiras — opinou Suely.

— Afonso — falou Alberto — está dizendo que foi enganado, que comprou esse anel e pagou caro, como joia.

— E agora? — perguntou Fabiano, querendo ir embora.

— Alberto, pergunte ao Afonso se tem mais alguma coisa — pediu Sérgio.

— Ele afirma que não — respondeu —, que era somente isso e que agora está aliviado. Está contando que, quando a esposa faleceu, Leocácio foi assassinado e o filho não lhe dava atenção, ele enterrou uma parte do seu dinheiro e as joias, com medo de ser roubado. Mas disse que também guardava dinheiro num esconderijo dentro da casa e que o filho sabia onde era. Quando o filho veio vender as terras, pegou para ele o que estava no esconderijo dentro da casa, mas não sabia deste, pensou que o pai fora roubado por não ter encontrado as joias de sua mãe. Afonso deixou esse dinheiro e as joias aqui enterrados pensando que, se precisasse, os desenterraria, mas, como não precisou, ao morrer, seu tesouro ficou aí, e ele o guardou, não deixava ninguém se aproximar da pedra.

— Bem, ele agora não tem motivo para guardar nada! — exclamou Fabiano.

— Vamos recolocar as terras no lugar e depois a pedra — decidiu Sérgio.

A terra foi fácil; já a pedra, assim como tinha sido para retirar, exigiu mais força. Apagaram todos os vestígios de que ali fora remexido.

— Pronto! — exclamou Suely. — Podemos agora ir embora.

Suely colocou tudo o que encontraram em três sacolas: numa o couro, o tecido e a caixa de madeira; na outra as notas de dinheiro e as moedas; e na última o vaso e as joias.

Voltaram à frente da casa. Sérgio orou, agradecendo e pedindo para os bons espíritos que os haviam acompanhado levarem os dois desencarnados, porque agora tiveram seus problemas resolvidos. Caminharam para a trilha, Fabiano foi à frente e andou depressa, estava ansioso para sair dali. Os três ficaram para trás, ele chegou no fim da trilha, parou e os esperou. Quando os três chegaram, Fabiano pediu:

— Desculpem-me, sem perceber os deixei para trás.

— Tudo bem — desculpou Sérgio —, entendemos que estava aflito para sair daqui. Já que paramos, vamos rever nossos planos, o que iremos fazer. Estes objetos, Suely os levará à casa dela e colocará fogo na caixa, no couro e no tecido. As peças serão lavadas e amanhã as levaremos para uma associação de pessoas que fazem bazar, eles são ligados ao hospital da cidade. Quero combinar com eles uma porcentagem do que eles venderem. A nossa parte irá para nossa assistência social, e a parte deles, para o hospital. Será, com certeza, muito bom para eles e para nós. Os dois desencarnados, Afonso e Leocácio, foram levados daqui para um posto de socorro, onde, além da assistência, receberão orientações. Acredito que os dois aceitarão o auxílio e seguirão suas vidas. As ruínas não serão mais assombradas. Você, Fabiano, vá embora e, para ninguém, conte que esteve aqui. Iremos agora, antes de irmos para nossas casas, ao proprietário dizer o que foi encontrado e sobre as ossadas. Amanhã comunico as autoridades e penso que logo uma equipe virá retirar os ossos. Com certeza haverá falatório.

— Seguirei seu conselho, senhor Sérgio — prometeu Fabiano. — Não vim aqui e não sei de nada.

— Isto, fomos nós, o grupo espírita, que viemos. O proprietário viu somente nós três e, se alguém comentar que viu sua camionete aqui, diga que veio para ver verduras para comprar e que parou para dar informação. Como todos os falatórios, começam e terminam.

— O senhor tem certeza que não sonharei mais? — perguntou Fabiano ao Sérgio.

— Penso que não. Você tem alguma dúvida sobre o que aconteceu aqui? — Sérgio quis ajudá-lo.

— Será que, quando desenterrarem os meus ossos, ou seja, do corpo do Benedito, eu sentirei?

— Não! — afirmou Suely. — Fabiano, você não sentirá nada. Você sente quando a roupa que usou é lavada?

— Não! — respondeu o moço.

— É uma boa comparação — continuou Suely a elucidá-lo. — Este corpo físico que vestimos é como uma roupa para o espírito; quando o despimos pela desencarnação, ele não significa mais nada, sentem somente as pessoas que foram apegadas e que, por algum motivo, não querem abandonar a vida física. Temos visto, sabemos que alguns desencarnados se ligam a lugares e, infelizmente, há uns que ficam perto de seus restos mortais, mas não foi caso de nenhum dos espíritos das ossadas encontradas. Você não sentiu nem quando desencarnou, lembre que foi socorrido. Por que iria sentir agora?

— Tem razão — suspirou Fabiano aliviado. — Nada sentirei e não sonharei mais com este lugar. Questão resolvida. Obrigado por ter me ajudado!

— Penso, Fabiano — concluiu Sérgio —, que não foi somente você o ajudado, foram também muitas pessoas. Vamos agora, e andando devagar, para os veículos.

Quando chegaram aos veículos, despediram-se e Fabiano falou que na quarta-feira iria ao centro espírita. Ele voltaria à cidade e viu, da estrada, o carro com os três indo para a casa do proprietário. No caminho, encontrou uma perua com muitas pessoas indo para as ruínas.

"Passeios fantasmagóricos! Pessoas organizam excursões para virem às ruínas. Estas pessoas são da cidade vizinha. Com certeza desta vez não dará certo", pensou Fabiano.

Chegou em casa, tomou banho e colocou toda sua roupa para lavar, assim como o fez com seu calçado.

"Nada quero das ruínas."

Entrou no seu quarto e orou, agradecendo. Pensou:

"Salete, que eu me lembre, nunca comentou sobre as ruínas, e ela se encontrava com Eloy por lá; com certeza, senhor Afonso reconheceu em Eloy o seu filho Afonsinho e, em Salete, Cândida. O senhor Afonso, quando viu o filho indo morar longe, arrependeu-se por não tê-lo deixado ficar com Cândida. Os dois, vindo se encontrar por aqui, devem ter sido protegidos; além de não assustá-los, devem ter espantado se alguém pudesse vê-los."

Saiu de casa, reuniu-se com amigos. Voltou à noite, orou e dormiu.

Na segunda-feira, nada aconteceu, porém, logo de manhã na terça-feira, os comentários começaram. No mercadinho, todos que entraram falavam do ocorrido:

— A polícia técnica da cidade vizinha foi às ruínas, eram seis horas da manhã.

— No galpão ao lado da casa, cavaram e encontraram esqueletos humanos. Lá foram enterradas pessoas.

— Tomara que tenham sido enterrados depois de mortos, não tenham sido enterrados vivos.

— Foram muitos ossos.

— Trouxeram os esqueletos para o cemitério, o padre irá lá para benzer aqueles restos mortais e os ossos ficarão no ossário do cemitério.

— Foram cinco esqueletos de pessoas adultas, três estavam envolvidos em pedaços de couro e dois enrolados em tecidos. O couro e o tecido estavam apodrecidos.

— Encontraram também uma fivela, que devia fazer parte da roupa de uma pessoa, e uma corrente de ouro com um relógio. Os técnicos levaram esses objetos e disseram que os doariam para uma assistência social.

— Eles, para cavar o galpão, o desmancharam primeiro, para não haver perigo de desmoronar e ferir alguém. Depois que retiraram as ossadas e as colocaram em sacos pretos, colocaram a terra novamente, tampando os buracos e colocando os tijolos em cima.

— Foram muitas pessoas da cidade lá para ver o trabalho deles.

— O comentário é: com os ossos retirados das ruínas, o lugar não ficará mais assombrado.

A cada comentário, Fabiano somente expressava:

— É!?
— Nossa!
— Que coisa!
— Puxa!

Ele deixou os três empregados irem ao cemitério, porque eles, curiosos, quiseram ir. Voltaram logo e contaram o que ocorrera lá.

— Com certeza metade da cidade estava lá. Mas ninguém viu muita coisa, somente sacos pretos.

Fabiano acreditou, porque não entrava nenhum cliente no mercadinho. Somente voltou o movimento quando os sacos foram colocados no ossário.

Continuaram comentando muito este assunto:

— Foi um grupo de espíritas, isto foi o dono da fazenda quem contou, que veio tirar os fantasmas, as assombrações assombradas de lá. Foram eles, os espíritas, que disseram onde estavam os ossos, e que eles, os seres do outro mundo, os guardavam. O grupo espírita não podia retirar os ossos, por isso chamaram a polícia. Tudo acabou bem. Irei logo mais para ver o que restou do galpão e verificar se as assombrações foram realmente embora. Será que foram para o céu ou para o inferno?

Fabiano agradeceu mentalmente a Deus e se propôs a ir ao centro espírita para, novamente, ao Sérgio, agradecer por o ter poupado de fazer parte dos comentários. Com certeza, se soubessem que ele estava junto com o grupo espírita, estaria no centro das conversas e tendo de responder a muitas perguntas.

"Se tivesse de ser alvo de novo falatório, não aguentaria. Ou aguentaria? Seria muito desgastante."

Sua cabeça começou a doer. Foi um alívio quando fechou seu comércio e foi para casa, tomou um banho mais demorado e jantou pouco, não estava com fome, queixou-se de dor de cabeça à sua mãe e ela lhe deu um remédio.

Normalmente, após o jantar, os quatro, a família, se reuniam na sala para conversar e, naquela noite, falaram sobre o ocorrido. Quiseram saber o que ele havia escutado. Fabiano contou.

— Três amigas minhas — disse Flávia — foram ao cemitério, eu não fui, fiquei com medo. Pode ser que aquelas assombrações tenham acompanhado seus ossos e estavam lá no cemitério. Será que agora o cemitério será assombrado? Minhas amigas

| 87

se decepcionaram, elas e todas as pessoas que estavam lá queriam ver os esqueletos, mas viram somente os sacos.

— O padre — contou Laís — não quis que os ossos fossem levados para a igreja para que não sujassem o templo, parece que os sacos estavam sujos de terra. Os sacos com os restos mortais ficaram na área em frente ao cemitério. O padre foi, jogou água benta, fez uma oração bonita, depois as mulheres presentes oraram.

— Agora — opinou Dirceu — a atração da cidade, as ruínas assombradas, acabou, os fantasmas não assustarão mais.

— Com certeza quem irá gostar é o proprietário da fazenda — concluiu Laís.

Fabiano foi para seu quarto, teve de se esforçar para se concentrar na oração, queria sossegar para dormir.

CAPÍTULO 7

Daniela

Na quarta-feira, Fabiano se organizou para ir à tarde à cidade vizinha. Saiu pela manhã para buscar mercadorias e os comentários sobre as ossadas continuaram, todos os que entravam no mercadinho falavam e queriam escutar alguma coisa que não sabiam. Com muitas coisas para fazer, Fabiano deixou que os empregados conversassem. Almoçou, saiu, passou na casa de sua tia Abadia, que já estava esperando, e foram. Fabiano aproveitou para contar à tia como era o centro espírita e que antes ele passaria no consultório médico para desmarcar a consulta; falou também do combinado, a tia ficaria no centro espírita e ele iria à padaria se encontrar com Daniela.

AS RUÍNAS

E foi o que fizeram, ele desmarcou a consulta, foram ao centro espírita, o encontraram aberto, ele apresentou a tia e foi para um canto com Sérgio e Suely.

— Na cidade foi um falatório geral, ainda bem que me aconselharam a ficar calado — expressou Fabiano.

— O importante, Fabiano — explicou Sérgio —, é que realmente Afonso e Leocácio foram para um abrigo no Plano Espiritual e com certeza não voltarão mais para as ruínas. Quanto aos objetos que trouxemos, Suely os lavou e os levamos na segunda-feira para uma assistência social, para eles venderem; os voluntários se alegraram e, de imediato, os colocaram em exposição; soubemos agora à tarde que venderam algumas peças. Com a parte que recebermos, compraremos alimentos e agasalhos; e eles, materiais para o hospital. Vamos lhe dar um passe.

— Quero — disse Fabiano — agradecê-los novamente, e transmitam o meu agradecimento ao Alberto. Senhor Sérgio, aquela senhora é minha tia, irmã de minha mãe, ela lê livros espíritas há muitos anos, a trouxe para conhecer o centro espírita. Ela pode ficar aqui? Tenho um compromisso até as dezessete horas, que é o horário que vocês fecham.

— Sim, pode, será um prazer tê-la aqui conosco. Vamos conversar com ela — afirmou Sérgio.

Fabiano recebeu o passe e foi para a padaria. Daniela o estava esperando. Conversaram animados, Daniela contou que fizera uma boa viagem e que encontrara todos bem na casa de seus pais. Uma hora e meia se passou como minutos. Ele a levou até a porta do hospital e foi ao centro espírita, encontrou sua tia na porta, a casa já estava fechada.

— O pessoal se desculpou, mas, como todos tinham compromissos, fecharam realmente às dezessete horas — explicou Abadia.

Os dois foram embora e Abadia contou:

— Fabiano, nem sei como agradecê-lo, gostei tanto, conversei, fiz algumas perguntas, recebi o passe e fiquei por ali orando; de repente lembrava de alguma coisa que eu queria saber, perguntava, e eles pacientemente me explicavam. Estou tão contente!

— Que bom, titia! Se quiser voltar, me avise e venha comigo, quero vir todas as quartas-feiras.

— Você sabia que o Sérgio é irmão da Suely? — perguntou Abadia.

— Não sabia.

— Suely é casada — continuou Abadia contando —, tem duas filhas, todos são espíritas; o marido vem ao centro espírita aos sábados porque trabalha durante a semana. Sérgio é viúvo há dois anos, mora sozinho, é aposentado, tem um casal de filhos, a filha é casada, e o filho estuda em outra cidade. São todos muito simpáticos. Virei todas as quartas-feiras e, quando você não puder vir, virei de ônibus, tem um que sai da nossa cidade às onze e quarenta e cinco minutos, e, para eu ir embora, pegarei outro no horário das dezoito e trinta minutos.

— A senhora irá contar à família que virá a um centro espírita? — Fabiano quis saber.

— Por enquanto não. Meus pais estão velhos, talvez não entendam, não quero que eles pensem que, por esse motivo, irei, ao morrer, para o inferno. Não me importo com a opinião do restante da família. Se eles souberem que eu estou vindo à cidade vizinha, direi que estou aprendendo a bordar ou algo assim. Você irá contar?

— Eu também, por enquanto, não — decidiu Fabiano.

— E quanto à namorada? — Abadia quis saber.

— Titia, Daniela e eu temos nos encontrado, conversamos, mas não falamos em namoro. Quando souber que estamos namorando, conto.

Abadia falou entusiasmada dos ocorridos no centro espírita, ela estava de fato contente.

Por mais duas quartas-feiras Abadia foi com o sobrinho e, na última, Fabiano encontrou Sérgio esperando com a tia.

Fabiano estava indo todos os finais de semana à cidade vizinha: ia no sábado à tarde, pernoitava numa pensão e voltava no domingo após as dezoito horas, horário em que Daniela ia para o hospital.

Fazia dois meses que estavam se encontrando nos finais de semana e, neste, foram à casa de uma colega de trabalho dela, um encontro de amigos. Fazia muito calor e o ventilador parou de funcionar, Fabiano se ofereceu para ver o que acontecera e rapidamente o consertou.

— Não sabia que você entendia de aparelhos elétricos — observou Daniela.

— Meu pai sempre gostou e eu aprendi com ele; coisas simples, sei, sim — explicou Fabiano.

— Seu namorado, Daniela, é prendado! — comentou uma colega.

— Namorado? — Fabiano falou baixinho se aproximando de Daniela.

— Sim? — Daniela sorriu.

— Sim, somos namorados! — exclamou Fabiano, sorrindo alegre.

No domingo se trataram como namorados.

À noite, em casa, Fabiano contou para os pais e para a irmã da namorada.

— Estava desconfiada. Que bom! Quem é ela? — a mãe quis saber.

O moço contou e Flávia comentou:

— Fabiano! Uma médica? Será que você está errando de novo?

— Por quê? — Fabiano não entendeu.

— Quem é você? — Flávia quis dar sua opinião. — Certo, é um jovem lindo, trabalhador, dono de um pequeno mercadinho numa cidade pequena. Estudou até o ensino médio. Ela é uma médica! A diferença não é muita?

Fabiano não havia, até aquele momento, pensado nisso. Tudo foi tão natural, foi acontecendo, ele admirou a delicadeza dela, conversaram, marcaram encontros e, nestes encontros, perceberam que tinham os mesmos gostos, tinham assuntos, conversavam animados, era tudo tão natural.

— Pare com isso, Flávia! — a mãe a repreendeu. — É somente um namoro.

— Ele também estava namorando Salete — lembrou Flávia.

— E daí? Salete não tinha diploma universitário e não deu certo — observou Laís.

— É que as pessoas falam que, com muitas diferenças, não dá certo — Flávia se defendeu. — Depois, não quero que meu irmão sofra de novo.

— Tudo bem — disse Fabiano. — Vamos mudar de assunto. Estou somente namorando.

Saiu da sala e foi para o quarto. Ficou pensando no que a irmã falara. Naquela quarta-feira não iria à cidade vizinha, Daniela não teria horário livre, iriam se encontrar somente no sábado.

"Desde que vi Daniela", pensou, "achei tão natural: conversamos, saímos juntos e daí o nosso namoro. Não pensei nas diferenças. Sim, as temos: ela é médica, tem curso superior, e eu não. Talvez a família dela esteja bem financeiramente. Ela tem um carro novo, e eu, uma camionete usada. Será que isso tem importância? Agora estou sentindo que pode haver diferenças. Será que ela pensou nisso? No sábado conversarei com ela, mas uma coisa é certeza: sentirei se não vê-la mais. É tão prazeroso conversar com ela, estar perto dela."

Decidiu que no sábado ia conversar com ela sobre essas diferenças. Aguardou ansioso o encontro. Sábado chegou, e eles se encontraram. Tinham combinado de ir ao cinema, mas Fabiano pediu para sentarem num banco da praça para conversar. Ele resolveu ir direto ao assunto, para ver se se tranquilizava ou não, preferiu não adiar a conversa.

— Daniela, você já percebeu que temos diferenças?

— A primeira que vi é que você é homem e eu sou mulher — Daniela riu.

Fabiano riu também, mas voltou ao assunto.

— Daniela, você tem curso superior, e eu, ensino médio. Você é médica, e eu, pequeno comerciante.

— Percebi. — Daniela continuou sorrindo.

— E daí? — Fabiano não sabia o que falar.

— Eu que pergunto: E daí? Fabiano, por que teríamos de ser iguais? Para você faz diferença eu ser médica?

— Não sei — Fabiano foi lacônico.

— Como não sabe?

— Admiro você por dirigir, ser independente, ter uma profissão tão bonita...

— E eu admiro você por ser trabalhador, comerciante! — exclamou a moça. — Que obstáculo você vê nisso? Conversamos muito, temos sempre tantos assuntos. Por favor, não dê uma de inferior!

— Bem, se é assim, sim. Eu me orgulho de você!

— E eu de você! — afirmou Daniela. — Se você pensa que temos diferenças, há uma, e a seu favor: sou quatro anos mais velha que você. Não se importa?

— Claro que não! — Fabiano respondeu rápido. — Imagine! Claro que não! Daniela, quando fui buscá-la no seu apartamento, tive a ligeira impressão de que você estava triste.

— Tive um sonho ruim esta noite e passei o dia com esta impressão.

"Sonho ruim?", pensou Fabiano. "Com ela também?! Apesar de que eu não sonhei mais desde que os espíritas me ajudaram e não quero sonhar."

— Coincidência! — exclamou Fabiano. — Eu, até três meses atrás, tinha pesadelos que me incomodavam muito. Resolvi o problema que me fazia sonhar e eles acabaram, graças a Deus. Você tem como resolver o seu? Digo, talvez sonhe com algo que não tenha resolvido. Se eu puder ajudá-la...

— Resolver? — perguntou Daniela.

— Sim, resolver. Pode ser algo consciente ou inconsciente. Às vezes precisa de ajuda. No meu caso, precisei e recebi. Foi num centro espírita.

— Já vi você ir às quartas-feiras ao centro espírita perto da padaria, você deixa a sua camionete na frente. Conte para mim o que acontecia com você — pediu Daniela.

— É difícil explicar direito porque eu ainda estou tentando entender. Pertinho da cidade que moro, numa fazenda, existem umas ruínas da antiga sede da fazenda, que era assombrada. Estava com treze anos quando fui lá com uma turma de meninos, colegas da escola. De fato fenômenos sobrenaturais aconteciam naquele lugar. Passei a sonhar com as ruínas. Sonhos ruins, pesadelos; pedi ajuda aos espíritas, e eles me ajudaram. O que ocorreu é que morei naquela fazenda antes de ela virar ruínas e comecei a ter lembranças do passado e a sonhar com elas. Foi ruim. Resolvido o problema dos espíritos que estavam nas ruínas assombrando, eles pararam de me chamar, e eu, de sonhar. Simples assim ou é complicado?

— Se for somente isso é simples, entender tudo é que é complicado. Você acredita em reencarnação? — perguntou Daniela.

— Como sabe o termo? — Fabiano admirou-se.

— Tive, na universidade, uma amiga espírita e um professor budista. Muitas pessoas e algumas religiões acreditam em reencarnação.

— Você acredita? — o moço quis saber.

— Faz muito sentido, principalmente no meu trabalho. — Daniela suspirou e o indagou: — Você teve uma namorada firme, não teve? Contaram-me. Eu gostaria de saber.

Fabiano contou, resumindo, que ele e Salete estavam namorando, mas que ela tivera um namorado anterior, os dois se reencontraram e resolveram ficar juntos.

— Você aceitou numa boa? — Daniela quis saber.

— Sim, aceitei. O chato foram os comentários, escutei de tudo: que agi certo não dando importância, ou que era frouxo por não ter feito nada. E agora, depois que a conheci, entendi que foi muito bom ter me separado dela, porque, pela rapidez com que a esqueci, concluí que não a amava. Daniela, agora não quer me contar seus sonhos ruins? Talvez eu possa ajudar ou podemos tentar juntos encontrar uma solução e pedir auxílio.

— Vou contar o que aconteceu — Daniela falou compassadamente. — Meu pai, de uma pequena oficina elétrica, conseguiu fazer uma fábrica de peças; ele também tem uma loja, onde vende tudo de elétrica. Eu, desde pequena, queria ser médica; nas minhas brincadeiras, eu consultava as bonecas. Sempre fui estudiosa. Adolescente, como todas as minhas amigas, namorei. Com quinze anos namorei com Márcio e passamos, logo após, a namorar firme. Ele estava com dezoito anos, acabou o ensino médio e foi trabalhar com o pai, que era dono de uma fábrica de cerâmica. Ele queria casar, e logo, mas eu queria estudar. Para mim, se não estudasse, se não fosse médica, seria como deixar um pedaço de mim para trás. Queria muito estudar. Começamos a nos desentender por esse motivo. Estava no terceiro ano do ensino médio, com dezessete anos, quando comecei a perceber que ele, como todos nós, tinha defeitos: era mandão, gostava de dar ordens. Nunca gostei de obedecer. Márcio exigiu que eu parasse de estudar e desistisse da universidade, chegou a falar com meus pais. Papai disse a ele que não iria me impedir de estudar. Meus pais nos criaram, eu e meus irmãos, livres, para fazermos o que queríamos dentro do que eles julgavam ser correto. Então Márcio começou a programar passeios, bailes, saídas com amigos, percebi que ele estava me impedindo de estudar. Prestei vestibular para entrar na universidade e não passei. Resolvi fazer um cursinho e estudar, as brigas começaram. Eu não queria sair mais, e isto o desgostou. Nesta época, compreendi que tinha de fazer uma escolha: ficar com ele ou me separar e estudar. Com ele, teria de esquecer o estudo. Papai deixou que eu resolvesse. Entendi que Márcio era autoritário; eu não queria ser submissa e queria ser médica. Decidi terminar o namoro. Tudo bem por um mês, então os pais dele foram conversar com os meus, eles queriam que nós dois nos casássemos e que eu não estudasse. Mas, com o término do namoro, compreendi que de fato não amava Márcio. Não quis reatar o namoro, ele insistiu, mandava flores, presentes, cartas e, por cinco vezes, conversamos e eu fui taxativa: não queria namorá-lo.

Daniela fez uma pausa, Fabiano a escutava atento e a olhava, a moça retomou seu relato:

— Não foi, para mim, um período fácil, queria estudar e não estava conseguindo porque Márcio me perseguia. Meu pai reclamou com o pai dele, que também não sabia o que fazer. Eu não saía de casa, ia somente à escola e aos cursos de idiomas. Márcio me cercava, chegou a fazer pequenos escândalos. Pensei que ele havia entendido que de fato havíamos nos separado na última vez que me cercou quando ia entrar na escola; ele me disse: "Daniela, se sofro, você sofrerá mais. Que não tenha paz!". Fiquei chateada, como ficava todas as vezes que ele me cercava. No outro dia, mamãe me acordou com a notícia: Márcio havia se matado. Ele tomou uma dose forte de veneno e morreu à noite, a mãe dele o encontrou morto em seu quarto.

Daniela enxugou o rosto, lágrimas teimavam em escorrer. Suspirou e retornou a falar:

— Foi um período muito difícil, optei por ficar em casa; não fomos, minha família e eu, ao velório e ao enterro. E, como você, fui alvo de muitos comentários. Minha família e amigas tentaram me animar, diziam que não fora culpa minha, mas às vezes parecia sentir que pessoas pensavam: "Por que ela não o quis?". Adoeci, por seis meses não saí de casa, novamente não prestei para entrar no curso de Medicina. Uma psicóloga me ajudou e, no outro ano, estudei muito, somente fiz isto. Passei e fui estudar medicina, que requer muita dedicação. Não vi os familiares de Márcio, sei que eles sofreram muito e o pai dele faleceu dois anos depois. A família de Márcio não me recriminou, mas sempre fica no ar: "Se ela tivesse reatado o namoro, ele não teria morrido". E eles também, como sempre acontece, se atormentam com a indagação: "O que eu, nós poderíamos ter feito?". Nesse tempo não namorei; estava no oitavo período, no quarto ano, quando comecei a namorar um irmão do meu cunhado. Foi quando começou meu problema. Passei a ter pesadelos. Terminei o namoro e pararam os pesadelos. Por três vezes isso ocorreu. Começava a namorar, os sonhos ruins começavam; terminava o relacionamento, eles paravam. Agora, namorando você, o tive esta noite.

— O que sonha, Daniela? Conte-me — pediu Fabiano.

— É horrível! Muito ruim! Os sonhos se repetem, mas alguns com umas modificações. Vejo Márcio entrando no meu quarto, ele me chama, Dani ou Daniela, aproxima-se, eu me encolho, fico apavorada, aí ele fala com dificuldade: *"Você é minha! Não será de ninguém! Eu não quero!"*. Quando Márcio fala, vejo sua boca toda queimada; os dentes, pela metade, estão corroídos; seus olhos vermelhos, expressão de muita dor; o vejo vestido em farrapos; seu pescoço e abdômen, corroídos e queimados; ele exala um cheiro ruim. Uma vez ele tentou colocar sua mão direita no meu pescoço, eu gritei desesperada e acordei gritando. Tive de justificar no prédio que gritara por ter tido um sonho ruim. Todas as vezes que tenho esse pesadelo acordo me sentindo mal, suada, apavorada, e fico muito triste. Se estou sozinha, não namorando ninguém, não sonho.

"Meu Deus!", pensou Fabiano, "é provável que Daniela não queira mais namorar comigo por causa desses sonhos. Isto não! Tenho que ajudá-la".

Ele a olhou, viu que a moça estava chorando. Ele a abraçou.

— Vamos resolver isso! — decidiu Fabiano. — Ah, se vamos! Por favor, Daniela, venha comigo na quarta-feira ao centro espírita. Como eles me ajudaram, a ajudarão, tenho certeza.

— Irei, sim, quero ir — afirmou Daniela.

— Eles, os espíritas, ajudam pessoas que já morreram e que estão perdidas, eles as orientam e auxiliam a encontrar o bom caminho. Fizeram isso com dois desencarnados que estavam nas ruínas e podem fazer isso com o Márcio.

— Mas ele se suicidou — lembrou a moça. — Suicidas nunca mais têm sossego.

— Daniela, vamos raciocinar: Deus é amor, e todos que amam perdoam. Acredita mesmo que Deus, Pai Misericordioso, não perdoaria um suicida? Claro que sim! Perdoa, ajuda e dá outra oportunidade. Ninguém sofre por muito tempo, todos nós somos dignos de socorro. Errou, sofre para aprender e não errar mais, é somente isso.

— Penso que eu preciso acreditar nisso. Preciso!

— Eu irei ajudá-la — prometeu Fabiano. — Na quarta-feira, me espere na frente da padaria, irei acompanhá-la.

Fabiano contou como era o atendimento fraterno. Mudaram de assunto, ele queria distraí-la. No domingo, a moça estava melhor, e Fabiano fez de tudo para animá-la.

Deixando-a à tarde no hospital, voltou para casa e pensou: "Não posso deixar que Daniela desista de mim por causa desses pesadelos e porque esse desencarnado não quer. Não mesmo!"

Aguardou ansioso a quarta-feira, Abadia foi com ele; parou a camionete, como sempre, em frente do centro espírita; a tia entrou e ele foi buscar Daniela, que o esperava na frente da padaria. O moço, ao vê-la, perguntou:

— Como você está? Sonhou de novo?

— Estou bem, não sonhei, mas estou com medo. Tremo só em pensar em tê-los novamente.

— Vamos!

Fabiano pegou na mão dela e foram para o centro espírita. Quando chegaram, um do grupo terminava a oração para iniciar o atendimento. Ele aproximou-se de Sérgio e pediu:

— Senhor Sérgio, esta moça é minha namorada. Coincidência! Ela também tem pesadelos. O senhor não pode ajudá-la?

— Sim, vamos sentar naquele canto, irei conversar com ela. Essa moça não é médica? Não trabalha no hospital? Ela consultou minha neta na semana passada. É uma ótima pessoa.

— Daniela é, sim, médica e trabalha no hospital — confirmou o moço.

Fabiano conduziu Daniela para o canto da sala indicado, a apresentou ao Sérgio. Sentaram-se.

— Daniela — disse Fabiano —, vou contar o que sei para o senhor Sérgio, depois me afastarei para que você converse com ele. Senhor Sérgio, Daniela, adolescente, namorou um rapaz, eles terminaram porque ela concluiu que não daria certo e que queria estudar, ser médica. Ele não aceitou o término do namoro e se suicidou. Daniela sofreu e foi estudar, mas, todas as vezes que começa a namorar alguém, ela tem pesadelos, e estes param quando ela termina o namoro. Queremos auxílio. Não queremos terminar o namoro. Penso que é uma chantagem: ou para de namorar ou terá pesadelos — virou-se para Daniela. — Irei esperá-la na frente.

Ia levantar, mas Daniela o segurou e pediu:

— Fique, Fabiano, por favor. — Daniela se virou para Sérgio e rogou: — Senhor, se puder, me ajude, por favor. É muito ruim ter esses pesadelos.

— Vamos, sim, ajudá-la.

Sérgio chamou Suely e um outro trabalhador da casa. Os três rodearam Daniela e oraram.

— Daniela — pediu Sérgio —, pense nos pesadelos que você tem. Pense neles!

Ao pedir para Daniela pensar, ela o fez, e Suely estremeceu. Sérgio se virou para a médium, que se acalmou. Voltou a atenção para Daniela, que chorava.

— Pronto, mocinha — disse Sérgio. — Tudo ficará bem. Confie!
Daniela sorriu e comentou:
— Estou me sentindo bem.
— Convido-os — falou Sérgio — para virem no sábado que temos palestras e passes; é às dezoito horas e trinta minutos.
— Viremos, sim — confirmou Fabiano.

Os dois se levantaram, saíram do centro espírita e foram à padaria. Daniela comentou:
— Quando o senhor Sérgio me pediu para pensar nos pesadelos, que é algo que não gosto nem de lembrar, o fiz e senti como se puxasse algo ou alguém, que se aproximou da dona Suely. Chorei porque me emocionei e senti que resolveu ou resolverá esta dificuldade.

Os dois passaram a falar sobre o espiritismo; Fabiano, embora não soubesse muito sobre a Doutrina, falou o que sabia, o que lera. Decidiram ir no sábado para assistir à palestra e receber o passe.

No horário, Fabiano levou a namorada até a porta do hospital, foi buscar a tia e a encontrou conversando com Sérgio.

Abadia não perguntou nada ao sobrinho de sua namorada, comentou somente que ela era bonita.
— Titia — lembrou Fabiano —, suas folhas acertaram. Lembra que me disse que Daniela tinha um segredo?
— Sim — lembrou Abadia.

Fabiano contou. Abadia falou o que havia decidido.
— Estou estudando, aprendendo para utilizar o dom que tenho, a mediunidade, de forma correta. Quero ser útil para trabalhar no centro espírita e ser uma passista.
— Titia, a senhora sempre ajudou pessoas com conselhos e orientações.

— Sim, graças a Deus, mesmo sem saber direito ou entender o que era mediunidade, fiz bom uso dela. Mas agora irei aprender de forma correta, dentro dos ensinamentos da Doutrina Espírita.
— Abadia estava decidida.

Fizeram uma boa viagem de volta.

No sábado, Fabiano retornou à cidade vizinha, e o casal, como combinaram, foi ao centro espírita assistir à palestra e receber o passe. Sérgio, quando os cumprimentou na entrada, pediu que os dois continuassem no salão após o término, que queria conversar com eles.

Os três permaneceram no salão. Sérgio quis saber como Daniela estava.

— Bem, senhor Sérgio — respondeu a moça. — Dormi tranquila. Os senhores estão mesmo me ajudando? Não irei ter mais pesadelos?

— Com certeza não — confirmou Sérgio. — Vou contar a vocês o que aconteceu quando vieram aqui pedir ajuda. Quando, na quarta-feira, você pensou nos seus sonhos ruins, a equipe espiritual, os espíritos bons que trabalham conosco buscaram o desencarnado que a atormentava. No trabalho de orientação a desencarnados que fazemos às quintas-feiras à noite, esse espírito que a fazia ter pesadelos ficou aqui conosco, se manifestou através de um médium e pudemos falar com ele. Era o pai de Márcio.

— O senhor Altino? — Daniela se surpreendeu.

— Sim. Esse pai, quando desencarnou, foi atrás do filho e o encontrou num vale, uma parte do Plano Espiritual onde normalmente se agrupam desencarnados que desistiram da vida física. Encontrou o filho sofrendo e Márcio fez o pai prometer que não deixaria você ficar com ninguém, não namorasse nem casasse. O pai, o Altino, prometeu. Quando desencarnamos, deixamos o corpo físico morto; usamos, para viver no Plano Espiritual, um outro corpo, o perispírito, que pode ser modificado por outros espíritos que sabem fazer essa modificação ou, se aprender, por si mesmo. Altino aprendeu, e ele estava sempre a visitando e sabendo o que fazia e, se namorasse alguém, Altino modificava sua aparência perispiritual, ficando com o aspecto do filho; exagerava para impressioná-la mais e fazia a chantagem: ou largava, desistia do namoro, ou continuavam os pesadelos. Na nossa conversa com Altino, na doutrinação, o fizemos entender que agia errado, que ele deveria tentar auxiliar o filho. Nós ajudamos o Márcio, a equipe espiritual que trabalha conosco foi ao vale onde estava Márcio, o trouxeram para uma orientação. Conversando com ele, o fizemos compreender que ele podia mudar sua forma de vida, que podia ser perdoado, que bastava pedir perdão com sinceridade. Ele o fez e pediu ajuda. Recuperamos sua aparência perispiritual, a que ele tinha antes do suicídio, e o levamos para um tratamento no Plano Espiritual. Altino, vendo que o filho fora socorrido, chorou agradecido. Pediu para nós falarmos a você que ele agiu errado e que lhe pedia perdão. Quando Altino viu o filho no vale, não soube como ajudá-lo e, em vez de procurar quem sabia para ajudá-los, optou por fazer o que prometera ao filho, não deixá-la namorar. São escolhas erradas. Este pai deveria, em vez de fazer o que o filho queria, ter ficado, pelo menos, ao lado dele. Pela nossa orientação, Altino entendeu e foi com o filho para um abrigo no Plano Espiritual e nenhum dos dois poderá, por um tempo, vir ao Plano Físico. Mas Altino agora está ciente de que pode ajudar de forma correta o filho, cuidar dele.

— Como Altino pôde fazer isso? — Fabiano quis saber.

— Pelo sentimento de culpa de Daniela — explicou Sérgio. — Você, Daniela, quando Márcio se suicidou, mesmo tentando, esforçando-se para entender que não o matou, sentiu-se responsável; a causa do suicídio dele, a culpa, ficou no seu inconsciente. A culpa é uma sombra que nos eclipsa o raciocínio e, através desta sombra, forças contrárias se insinuam. Percebendo este sentimento em você, Altino pôde fazer você se atormentar. Preste atenção, mocinha: você não teve culpa. Não mandamos em nós, nos sentimentos para a formação de um casal. Podemos amar a todos, devemos amar, porém como irmãos, mas, para se unir a outro e para formar um casal, o sentimento é diferenciado, não se escolhe, e não se deve forçar. Você, percebendo não amá-lo, teria mesmo que desistir do namoro. Agiu certo. Márcio deveria ter compreendido e esperado o amor/paixão passar, e passaria, porque tudo passa. Você tem de compreender que não teve culpa. Nem se tivesse escutado ele afirmar que ia se suicidar. Ninguém deve ficar com o outro por chantagem. Com certeza não daria certo se você tivesse optado ficar com ele depois de entender que não o amava e ter parado de estudar. Você seria infeliz e ele também. E, como costuma acontecer, talvez se separassem e você sofreria por não ter estudado. Com certeza você, antes de reencarnar, quando no Plano Espiritual, se preparou para renascer e ser médica, fazer o bem cuidando de crianças doentes para que estas se tornem sadias. Não sinta culpa! Não cultive este sentimento que não tem razão de ser. Prometa que pensará no assunto e tirará a culpa de dentro de você.

— O senhor tem razão — concordou Daniela. — Sempre senti culpa, muitas vezes pensei que poderia ter ficado com Márcio e me casado, outras que eu seria infeliz se tivesse ficado com ele por chantagem.

— Numa relação — Sérgio a interrompeu —, se um é infeliz, o outro acaba por ser também.

— Também penso que, se não tivesse estudado, sentiria muito. Sempre quis ser médica.

— Agora, mocinha — Sérgio demonstrava muito carinho —, esqueça esses pesadelos, compreenda que fez a melhor escolha e não sinta mais culpa por esse acontecimento. Quando se lembrar de Márcio, deseje que ele esteja bem e desculpe Altino.

— Farei isso! Obrigada, senhor Sérgio! Muito obrigada! Vou ser espírita! Virei todos os sábados que puder e irei ler os livros de Allan Kardec.

— Será sempre um prazer recebê-los.

O casal saiu do centro espírita e foram jantar. Comentaram sobre o assunto.

— Fabiano, agradeço-o por ter me levado lá. Acredito em tudo o que ouvi e no senhor Sérgio. Voltarei na quarta-feira e irei ler os livros espíritas para entender a Doutrina. Nos sábados em que eu estiver na cidade, quero assistir às palestras e receber passes. Sinto-me aliviada, como se me tirassem um peso de dez quilos que tinha sobre mim. Estou contente. Sinto-me aliviada por saber que Márcio receberá ajuda e não estará mais sofrendo naquele vale. Com certeza, socorrido, ele se sentirá melhor.

— Estou contente por você e por mim, não teremos mais pesadelos. Estou também aliviado. Estava temeroso que você terminasse comigo, cedesse à chantagem. Ainda bem que não o fez.

— Você sentiria se eu terminasse o namoro? — Daniela quis saber.

— Sim, sentiria. — Fabiano foi sincero.

— Eu também. Fabiano, estou gostando de namorar com você.

— Ótimo! Vamos agora ao cinema, e pesadelos é assunto encerrado.

Namoraram sossegados. Estavam contentes por estarem juntos.

CAPÍTULO 8

O namoro

No sábado seguinte, Fabiano e Daniela foram ao centro espírita. Escolheram um lugar, sentaram e esperaram o início da palestra. Fabiano ficou orando, agradeceu pelas ajudas recebidas, nem ele nem Daniela tiveram mais pesadelos. No horário marcado, Sérgio foi à frente e apresentou o orador da noite:

— Doutor Paulo hoje nos honra com sua visita e, como sempre, vem à nossa casa nos brindar com grandes ensinamentos.

Um senhor de aspecto agradável foi à frente.

— Ele é um juiz da vara da família — comentou uma senhora que estava sentada ao lado do casal.

— Boa noite! — Doutor Paulo iniciou a palestra. — Esta noite me coube falar de uma parábola de Jesus muito conhecida e que está em três Evangelhos: Mateus treze, de dezessete a vinte e três; Marcos quatro, de três a vinte; e Lucas oito, de quatro a quinze. O semeador. Quando Jesus ensinou esta parábola a pedido de seus discípulos, a explicou. Mas o importante, para nós espíritas, é compreender o que o Mestre Nazareno deixou claro: o livre-arbítrio, tanto para sermos semeadores quanto para decidirmos o que fazer da semente que recebemos. E que podemos mudar, pelas nossas atitudes, pela reencarnação, nosso terreno, que teremos novas oportunidades de nos modificar para receber a semente que fora anteriormente recebida nas pedras; no caminho árduo e pelo livre-arbítrio, poderemos receber a semente num terreno fértil. Ao ler a parábola, pensei que nenhum agricultor no Plano Físico ousaria semear suas sementes desse modo, mas difere-se no ensino espiritual. Semeadores são todos aqueles que, ao ter colhido bons frutos no seu terreno, semeiam a palavra de Deus, os ensinos da verdade e sem a intenção de obter resultados. O semeador lança as sementes e quem o escuta é comparado com os lugares, com os terrenos descritos. Jesus dividiu em quatro partes onde jogou as sementes, e o fez sem se importar onde cairiam. Todos os semeadores devem fazer o mesmo. Mas ainda existe um "mas": no terreno preparado, os frutos se produziram diferente, em uns pouco, em outros muito. Devemos prestar atenção no símbolo espiritual. Pode, como nos ensinos de Jesus, a melhor das sementes lançadas por um bom semeador tornar-se improdutiva, mas pode também ser produtiva. Temos o livre-arbítrio para preparar nosso terreno, nossa mente, nosso espírito para sermos férteis e, após, produzir frutos, distribuir sementes, e, a exemplo de Jesus, sem escolher terrenos. Porque temos sempre a oportunidade de nos limpar interiormente, a nossa alma, o espírito, das ervas daninhas, dos espinhos das maldades, das pedras dos vícios, dos interesses mundanos do caminho, e de receber a boa semente, cuidar dela, amando e fazendo o bem, tendo atenção e bons pensamentos, para que a boa planta nasça e cresça, para dar bons frutos e, após, distribuir mais sementes. Podemos fazer isso por termos o livre-arbítrio. Esta parábola nos dá esperança. E devemos semear sempre pelos bons exemplos, pelas nossas atitudes corretas, pelos nossos bons atos, sem querer ver o resultado e sem querer ver a festa da colheita. Realmente, o que nos importa é sermos um terreno produtivo e distribuirmos as sementes dos nossos bons frutos. Que nós todos aqui presentes consigamos!

Após o término da palestra, começaram os passes; Fabiano e Daniela receberam e depois foram jantar. Fabiano comentou sobre a palestra:

— Daniela, gostei demais da palestra, o orador tem razão, fazemos de nós o que queremos, mas nossos atos nos pertencem. Estou determinado a me limpar interiormente para que eu seja fértil e para que as boas sementes dos ensinos de Jesus germinem na minha alma. Que bom que sempre temos oportunidades pelas nossas reencarnações!

— A reencarnação é uma graça maravilhosa, porém não podemos deixar para fazer o bem no futuro. O presente é a época certa — opinou a moça.

— Sim, é verdade.

O final de semana foi muito prazeroso para ambos. Em casa, domingo à noite, Fabiano comentou com os familiares:

— Mamãe, Daniela e eu firmamos o namoro. Gostaria de convidá-la para vir aqui num final de semana para que a conheça.

— Gostaria de conhecê-la, mas como hospedá-la? Ela é uma médica! — Laís se preocupou.

— Mamãe, Daniela é simples, delicada e educada, uma pessoa fácil de hospedar. Por favor, não dê uma de inferior, não somos. Eu me orgulho da família que tenho. É bom que ela a conheça, porque com certeza fará parte dela. Concordando, irei chamá-la para vir no sábado e ir embora no domingo. Daniela pode dormir no quarto com Flávia. Tenho certeza de que vocês irão gostar dela.

— Tudo bem, pode chamá-la — concordou Laís.

A mãe e Flávia passaram a fazer planos para melhor hospedar a namorada de Fabiano.

Na quarta-feira, Fabiano convidou Daniela, insistiu e a lembrou:

— Somos simples, mas é bom que nossas famílias se conheçam, principalmente meus pais a você. Gostaria também de conhecer sua família.

Daniela concordou e combinou que, no sábado à tarde, iria, e dirigindo, à casa dele.

Na quinta-feira, Fabiano contou à família como Daniela era, que tinha quatro anos a mais que ele e que iria dirigindo. Flávia gostou. Mãe e filha comentaram com a família e conhecidos da visita que receberiam.

No sábado à tarde, marcaram às dezesseis horas para Daniela chegar, Fabiano ficou na frente da casa esperando-a. Daniela chegou com facilidade e, assim que se conheceram, a simpatia foi recíproca, eles gostaram dela e Daniela de todos.

Conversaram bastante e não saíram no sábado, mas, no domingo pela manhã, o casal passeou pela cidade, foram à praça em frente à igreja, algumas pessoas se aproximaram para cumprimentá-los e ele a apresentou. Almoçaram, sentaram-se no sofá na sala, ficaram conversando até as treze horas e Daniela foi embora, teria que trabalhar.

A visita foi um sucesso, os pais de Fabiano gostaram muito dela, Flávia mais ainda, e Daniela gostou de todos. Fabiano se alegrou.

Fabiano, pelo menos duas vezes por semana, levava frutas para Martina e conversava com ela por alguns minutos, e ela sempre respondia estar mais ou menos. Estava sempre alegre. O dono do mercadinho estava sempre perguntando o que ela queria; quando Martina falava, ele levava.

Terça-feira, eram dez horas, Fabiano estava no mercadinho, com mais pessoas, quando ouviram três tiros e, após, gritos. Todos que estavam no mercadinho correram para a rua.

— Algo aconteceu na praça e com Martina — comentou um freguês.

Correram para a praça; Fabiano, por uns segundos, ficou na porta, orou, rogou a Deus para que nada de ruim acontecesse com sua amiga. Mas aconteceu. Como soube depois, Martina estava sentada no banco da praça onde costumava ficar, quando uma mulher com um menino no colo veio correndo e se aproximou de Martina pedindo ajuda.

— Martina, me ajude, meu marido quer me matar.

— Corra para a igreja! — disse Martina.

Mas não deu tempo, o homem se aproximou com uma arma, pistola, na mão, estava irado, ameaçando. Martina se levantou, se colocou à frente da mulher e recebeu três tiros no peito. Com os gritos, pessoas correram, seguraram o homem, tiraram a arma dele e o espancaram. Eles, mulher, marido e o filho de um ano e dois meses, moravam na cidade, eram naturais do lugar. Foi uma correria, todos queriam ajudar. Fabiano fechou a porta, correu e se aproximou de Martina; assim que a viu, percebeu que ela desencarnara.

— Vá em paz, Martina! — rogou ele.

Sentiu que Martina estava sendo socorrida, porque ela estava envolvida numa energia suave, boa; Fabiano teve a certeza de que bons espíritos estavam ali para ajudá-la. O rosto de Martina suavizou-se, ficou com expressão tranquila e fechou os olhos.

Foi então que o dono do mercadinho prestou atenção no assassino, ele fora amarrado numa árvore e algumas pessoas batiam nele. Uma mulher tentava acalmar os agressores. Fabiano foi ajudá-la. A senhora pedia, aos gritos, para pararem com a violência, Fabiano foi afastando as pessoas, pedia também; por ficar na frente do homem, recebeu dois socos e um tapa. Pararam, mas o ficaram vigiando. A mulher, com a criança no colo, após os tiros, conseguiu correr para a igreja, somente voltou à praça com a chegada dos médicos e da polícia.

Não demorou e cinco policiais e dois médicos chegaram à praça. Os médicos constataram que Martina falecera, desencarnara. Socorreram a mulher que estava ferida na perna e no braço, a levaram para o hospital. Os policiais desamarraram o homem, e um dos médicos pediu para ele ser levado primeiro ao hospital para medicar seus ferimentos.

Fabiano sentiu a desencarnação de Martina.

"Na sua encarnação passada, Martina mandou matar; nesta, foi assassinada, porém desta vez Martina resgatou seus erros, penso que aprendeu muito nesta encarnação, e o importante é que desencarnou tranquila."

As pessoas colaboraram com dinheiro para comprar um caixão funerário e flores para Martina e ela foi velada na igreja. Ela teve um enterro decente e as pessoas oraram por ela, o padre celebrou uma missa.

Fabiano foi ao velório, sentou-se num banco da igreja e orou para ela, mas não foi ao enterro; ela foi enterrada num túmulo simples, onde estavam os restos mortais dos pais dela. O fato comoveu todos os moradores da pequena cidade, todos ficaram chocados com a violência; primeiro de uma pessoa tentar matar sua esposa, que estava com o filho deles no colo, depois com a reação das pessoas querendo linchá-la.

Comentaram muito; o casal namorara, casara, tivera problemas, o filhinho nascera e começaram as brigas; ela queria se separar, ele não, e preferiu matá-la, não pensou que deixaria o filhinho órfão. Ele não a matou, mas se separou porque foi preso. Com certeza, na prisão, onde passaria um período difícil, sofrido, talvez entendesse que agira errado e que era mil vezes preferível se separar e começar outra forma de viver. Seria tudo mais fácil, e ele não teria a sua consciência pesada, sabendo que tirou uma pessoa de sua vestimenta física. Grande responsabilidade!

Martina era conhecida e querida por todos. Mas violência não se combate com violência. Se não fosse uma mulher, depois ajudada por Fabiano, umas pessoas teriam machucado muito aquele homem, talvez o matado. Fabiano ficou dolorido pelos dois murros que recebeu.

"Com certeza", pensou, "se aquelas pessoas matassem aquele homem, iriam depois sentir o remorso. Ainda bem que ajudei aquela senhora e impedimos mais uma violência".

A vizinha que Martina ajudava mudou-se para a casinha dela, ficando com tudo o que fora dela. A mulher com o filhinho voltou para a casa de seus pais. O marido, agora assassino, iria a júri popular e com certeza ficaria muitos anos na prisão.

Na quarta-feira, Fabiano orou muito por Martina no centro espírita e sentiu que ela estava bem.

Na quinta-feira, logo cedo, escutou comentários de que Salete estava na cidade.

"Salete deve ter vindo visitar os pais", pensou.

Mas os comentários eram de que Salete voltara definitivamente, não dera certo sua união com Eloy. Fabiano não se importou com a notícia nem quis saber mais, não se interessou. Eram quatorze horas quando a mãe de Salete entrou no mercadinho e lhe deu o recado:

— Salete quer falar com você, ela mandou dizer que, se não for lá em casa, ela virá aqui.

— O que aconteceu para Salete voltar? — perguntou Fabiano.

— Ela vai lhe contar, não deu certo. Você vai?

— Passarei lá após fechar o mercadinho — concordou Fabiano.

"O que será que Salete quer?", pensou ele. "Espero que não queira reatar nosso namoro nem me crie problemas."

No horário de costume, fechou seu comércio, foi à casa de Salete e foi ela quem lhe abriu o portão e o convidou a entrar; cumprimentaram-se com um "oi". A moça estava muito arrumada.

— Que bom que veio! — exclamou Salete.

Fabiano entrou na área, local onde tantas vezes namoraram, escolheu uma poltrona para sentar e não o fez como costumava, ao lado dela. Ele a olhou e Salete sorriu.

— Salete, sua mãe me disse que queria falar comigo. Peço-lhe que seja rápida, tenho de ir para minha casa.

— Fabiano! — Salete suspirou.

"Percebo agora que Salete sempre fazia essa cara de vítima quando queria algo."

— Fabiano — repetiu ela —, confundi tudo. Sim, estive confusa. Sendo sincera, fiquei indecisa entre você e Eloy. Você aceitou nosso rompimento, não lutou por mim, e me deixou. Fui embora com ele. Não deu certo. Primeiro, logo depois entendi que não amava Eloy. Depois, não me adaptei morando com os pais dele, que não me aceitaram. Enquanto estive lá, eles me esconderam, não queriam que soubessem que o filho trouxera uma moça simples para morar com ele. Eloy no começo se entusiasmou com nosso relacionamento, depois começou a sair, e sozinho. Passei a ser humilhada, tratada como empregada. Fiquei grávida e a mãe de Eloy me convenceu a abortar. Fiz o aborto. Arrependi-me de ter ido com ele, estava infeliz e resolvi voltar para cá, para casa de meus pais. Ele e sua família sentiram-se aliviados. Voltei!

— Espero que se adapte novamente à vida por aqui e que tudo dê certo para você.

Salete se levantou e se aproximou da poltrona em que Fabiano estava sentado.

— Fabiano, você não entendeu que voltei para você.

O moço sorriu, balançou a cabeça. Ela voltou a falar:

— Sei que está namorando uma moça sem graça, pequena e feia.

— O quê?! — Fabiano indignou-se ao escutá-la. — Você está enganada. Estou namorando uma moça linda, delicada, honesta e estamos muito bem.

Fabiano percebeu que realmente não queria escutar críticas sobre Daniela. Olhou para Salete e entendeu, com certeza, naquele momento, que de fato não sentia mais nada por ela e que gostava de Daniela. Voltou a falar:

— Salete, sinto por não ter dado certo seu relacionamento com Eloy. Por favor, afaste-se de mim.

A moça voltou a sentar no lugar em que estava. Fabiano estava tranquilo e expressou:

| 115

— Estou namorando, e firme. Agora, de fato, entendi que amo Daniela. Se eu ainda gostasse de você, até que poderia reatar nosso namoro. Mas passou. Não gosto mais de você, não a quero mais. Vim aqui para você não ir ao mercadinho e haver mais falatório. Mas foi bom revê-la para ter a certeza de que não a amo mais. Espero que você não fale mais comigo e tente refazer sua vida. Estou indo! Tchau!

Ele se levantou, virou para sair.

— Fabiano! — chamou Salete. — Por favor! Vamos conversar mais um pouco. Eu o amo!

— Não acredito! Porém, se for verdade, me esqueça. Até nunca!

Saiu, abriu e fechou o portão e foi para casa. Contou para os pais e Flávia da conversa que tivera com Salete e finalizou:

— Foi bom eu ter ido; ao ver Salete senti realmente que não a amo, penso que eu não a amava de fato, e que gosto mesmo de Daniela.

— Os comentários estão fervendo — contou Flávia —, de que Salete foi tratada como empregada na casa de Eloy e que ele logo enjoou dela. Disseram que Salete trouxe muitas roupas, até joias, e que os pais a receberam de volta. Fizeram até aposta na cidade, umas pessoas apostaram que você a aceitaria novamente e outros não.

— Quem apostou que eu não irei querê-la mais ganhou — riu o filho de Laís.

No sábado, Fabiano contou para Daniela e finalizou:

— Daniela, eu a amo! Amo mesmo!

— Não preciso me preocupar? Você não voltará com Salete?

— Não, de jeito nenhum. Quero ficar com você!

— E eu com você! — afirmou Daniela.

No centro espírita assistiram à palestra, receberam o passe, e ficaram para conversar com Sérgio, que queria saber como eles estavam.

— Estamos bem — respondeu Fabiano. — Nenhum de nós dois sonhou mais, os pesadelos acabaram. Senhor Sérgio, eu recordei parte da minha encarnação passada; nela, Daniela não fazia parte de minha vivência, porém tanto ela como eu nos sentimos unidos. Eu, desde a primeira vez que a vi, senti algo diferente; ao olhá-la, senti que ela era para mim uma pessoa preciosa, tudo foi tão natural, como se nós nos conhecêssemos.

— Eu — contou Daniela —, ao ver Fabiano entrando na padaria, me pareceu que estava vendo alguém conhecido, que me era querido. Tive vontade de convidá-lo para sentar ao meu lado e me alegrei quando ele pediu licença e se sentou. Eu não tenho lembranças de minhas vidas passadas, a não ser... tenho muito medo de cobras e uma vez vi uma no zoológico, senti mal-estar e, num lance rápido, vi uma cobra vindo em minha direção e me picando. Penso agora que talvez eu possa ter desencarnado por uma picada de cobra.

— Será que Daniela e eu já estivemos juntos em alguma de nossas encarnações? — Fabiano quis saber.

— Muitas vezes — explicou Sérgio —, ao nos encontrarmos com uma pessoa, podemos sentir afinidades com ela, às vezes até a sensação de que nós a conhecemos, que a queremos bem, e pensamos que já estivemos juntos encarnados. Porém não devemos esquecer que vivemos períodos desencarnados no Plano Espiritual e que lá fizemos amigos, tivemos companheiros de trabalho e que podemos nos afinar, ter bons sentimentos para com outros espíritos. E, se nos encontramos quando encarnados, nossos espíritos, que continuam amigos, afins, os bons sentimentos reacendem.

— Nossa! — exclamou Daniela. — Enquanto o senhor explicava, tive uma visão de um lugar bonito e que conversava com Fabiano. Tínhamos aparências diferentes, mas senti que éramos nós dois.

— Isso pode ocorrer — elucidou Sérgio. — Não devemos esquecer que, desencarnados, podemos amar, fazer novas e boas amizades, e sentimentos assim não acabam. Penso que, com certeza, vocês dois se conheceram no Plano Espiritual e foram amigos afins; reencarnados, ao se verem, esse sentimento floresceu. Eu recentemente encontrei com uma pessoa e senti isto, que a conhecia e que gostava dela, vim a saber que trabalhamos juntos quando estávamos desencarnados e agora estamos descobrindo nossas afinidades.

— O senhor tem razão — concordou Fabiano —, já escutei pessoas comentarem que, ao se darem bem com outra, já reencarnaram juntas, mas esquecemos do período em que estivemos desencarnados e que no Plano Espiritual tivemos afetos. Mesmo desencarnados que não estão bem, socorridos no Plano Espiritual, podem também ter amizades. Estou lembrando que o senhor Afonso e Leocácio eram amigos.

— Sim, isso acontece. Desencarnados moradores do Umbral, que teimam em continuar fazendo maldades, têm suas amizades, gostam de outros encarnados e desencarnados. Porém, enquanto os bons espíritos são sinceros, leais, os que se denominam maus, trevosos, umbralinos, normalmente são egoístas, se colocam sempre em primeiro lugar, mas alguns gostam realmente de outros. Quando fazemos amigos no Plano Espiritual, reencarnados, nos encontramos, sentimos, ao ver um ao outro, aquele sentimento prazeroso, sem conseguir explicar por que se gostam.

— Já ouvi muito "encontrei a minha cara-metade" ou "minha outra metade", que são almas gêmeas. Isto é certo? — Fabiano quis saber.

— Nenhum espírito é metade, mas inteiro — explicou Sérgio. — É romântico, mas não certo. Penso que isso surgiu por uma pessoa se sentir bem com a outra, que se completam. O que existe é afinidade, que é uma união de seres que se integram. Sei de pessoas que dizem ser cara-metade de outra até se desentenderem, se separarem, e o que julgavam ser amor eterno vira mágoa e até ódio. Um primo meu, é a terceira cara-metade dele, casou-se três vezes. Também não existem almas gêmeas, cada espírito é único. Então, quando ocorre de um relacionamento dar certo, se amarem, se entenderem, é porque existe a receptividade e pode ocorrer de reencarnarem e ficarem juntos por muitas encarnações e sempre que se reencontrarem quererem ficar unidos. Para mim, existem duas formas de um casal se amar; se for somente físico, é passageiro, talvez dure a encarnação toda deles. Mas se for amor de almas é duradouro, amor que continua no Plano Espiritual, é aquele sentimento puro de querer o bem do outro antes, e mais do que o seu.

— Deve ser isso — concluiu Daniela —, Fabiano e eu sentimos um carinho especial assim que nos vimos. Acho isso fenomenal! Maravilhoso!

Conversaram mais um pouco, saíram e foram ao cinema. Os dois gostavam muito de estar juntos.

CAPÍTULO 9
Encontrando-se no espiritismo

O avô paterno de Fabiano, que há tempos estava doente, piorando, foi internado no hospital, preocupando a todos; à noite, os informaram de que seu estado era gravíssimo. Fabiano foi para seu quarto, abriu *O Evangelho segundo o Espiritismo* no capítulo vinte e oito, "Coletânea de preces espíritas", "Por um agonizante", leu o prefácio, lhe foi consolador, e rogou, por meio da prece, pelo seu avô.

De madrugada, veio a notícia de que ele falecera, desencarnara; novamente Fabiano abriu O Evangelho no item sessenta e dois, "Por aqueles que amamos", leu o prefácio e a prece pensando no avô, desejando que ele fosse socorrido. Fabiano continuava a ler, e com atenção, os livros de Kardec, mais O Evangelho e, após ler, meditava; cada vez mais achava esses ensinos coerentes e também fazia as orações do último capítulo.

"Como estou gostando das obras espíritas e dos livros de Kardec!", concluiu.

Todos os familiares foram ao velório. Ele e a irmã, Flávia, eram mais unidos com a família de sua mãe. E, como acontece em quase todos os velórios, familiares que há tempos não se viam cumprimentavam-se e trocavam notícias. Mas o moço percebeu como a maioria das pessoas sofre com a separação física diante da morte do corpo físico.

Na sala ao lado à que seu avô estava sendo velado, havia outro velório, de um rapaz de vinte e sete anos, muito conhecido na cidade, que sofrera um acidente e desencarnara. Era casado, tinha três filhos; a esposa, assim como os pais dele, estavam sofrendo muito.

— Esperamos que os idosos partam primeiro para o além — opinou uma tia de Fabiano —, não os jovens. É muito triste! Penso que é até injusto.

— Não pode falar assim — alertou outra tia —, é pecado. Deus sabe o que faz. Deus quis assim.

Fabiano escutou, não comentou, mas pensou:

"O que minha tia disse não consola ninguém. A morte parece ser um tremendo castigo para muitas pessoas. Se essa mudança de plano fosse melhor compreendida, este momento seria mais fácil tanto para os que partem como para os que ficam. Como o espiritismo consola neste momento!"

Abraçou sua avó e tentou consolá-la.

— Vovó, não fique assim tão triste! Com certeza foi o melhor para o vovô ter ido primeiro que a senhora. Deus deixou o mais forte. Todas as separações são por um período. Quando gostamos, podemos estar separados por um tempo, mas a vida, Deus, nos aproxima de novo.

A avó o abraçou, estava de fato triste, sofrida, sentia realmente a separação do companheiro de tantos anos.

Velórios, enterros são sempre tristes, o do seu avô foi também. Ver o caixão com o corpo dentro sendo fechado e colocado no túmulo é dolorido. Terminou, e todos foram embora. A casa em que os avós de Fabiano moravam era de um dos filhos, o casal de idosos não tinha nada a não ser os móveis da casa. Dias depois, sua avó resolveu ir morar com uma de suas filhas, que residia em outra cidade. Foi triste também ver sua avó ir embora, mas fora ela que escolhera, e todos concordaram.

Numa quarta-feira, em vez de o casal de namorados ir à padaria lanchar como de costume, Daniela convidou o namorado para ir com ela ao supermercado, para fazer compras. Fabiano já havia ouvido falar do supermercado da cidade vizinha, que fora inaugurado havia três meses. Ele foi e se admirou.

— Aqui tem muitas coisas, de tudo, e o preço é barato. Este óleo é bem mais barato do que o que eu vendo, está quase pelo preço que eu compro!

Viu um cliente seu fazendo compras. Daniela fez as dela e saíram.

— Fabiano — alertou a moça —, esses supermercados estão se expandindo por muitas cidades, muitos são redes, eles compram em grande quantidade para abastecer suas lojas, e por isto o fazem mais barato, o lucro está em vender muito. Na cidade em que moro, tem três supermercados e com certeza logo terá mais. O que acontece é que eles acabam com os comerciantes menores, por estes não terem como competir com eles. Porque, como viu, no supermercado eles vendem pães, carnes, verduras e frutas. Perto desse que fomos, fecharam dois açougues e duas quitandas que vendiam frutas e verduras.

— Será que numa cidade pequena terá um supermercado? — Fabiano se preocupou.

— Penso que sim, talvez não agora, essas redes têm preferido cidades maiores.

— Os moradores da minha cidade vêm a esta para comprar roupas, calçados, consultar médicos, mas, como vi um dos meus clientes no supermercado, penso que muitos passarão a vir comprar aqui. Penso que terei de me preocupar com o futuro do meu mercadinho.

— Fabiano, você já pensou em fazer outra coisa? — perguntou Daniela.

— Eu não! Até agora não. O que eu posso fazer?

— Talvez em sua cidade nada. Você não pensa em mudar de lá?

— Não pensei. — Fabiano realmente não pensara.

— Talvez seja a hora de pensar — aconselhou Daniela. — Fabiano, vim para cá, para esta cidade, fazer residência, e logo termino. Planejei retornar à minha cidade, quero fazê-lo, lá irei trabalhar num hospital grande na ala infantil. Quero muito isto, mas não quero me separar de você. Estamos adiando o assunto, mas o problema existe e teremos de resolver. Seria difícil eu ficar aqui, porque não terei emprego no hospital; ir para a cidade que você mora parece impossível.

— É... é... — Fabiano se encabulou.

— O que significa esse "é"? — Daniela quis saber.

— É que eu tenho de pensar. Você tem razão, não conseguimos barrar o progresso; com certeza cada vez mais meus clientes virão fazer compras aqui, e talvez no futuro abra um desses supermercados na minha cidade. Eu a entendo, você não tem emprego no pequeno hospital da cidade que moro; se nesta não tem também, resta você retornar à sua cidade, que é longe. Você já pensou como resolver esse problema?

— Já — Daniela respondeu rápido. — Você tem facilidades e sabe trabalhar com elétrica. Meu pai tem uma loja de materiais elétricos, você pode fazer cursos sobre esse assunto, ir para a cidade que moro comigo, casamos e moramos lá. Você cuidará da loja de papai. Tem tudo para dar certo, você é bom vendedor e entende de elétrica.

— Nossa! — Fabiano se admirou.

— Não gostou? — Daniela receou.

— Preciso pensar bem em tudo o que me falou. Mas uma coisa que escutei me deixou feliz.

— O quê?

— Casarmos.

Riram.

Fabiano depois pensou bastante no assunto.

"Não quero perder Daniela. Ela veio para cá com data marcada para voltar. Ela lá na cidade que mora e eu aqui, não dará certo. Talvez desse certo eu ir com ela."

Na outra quarta-feira, Daniela, antes de ir para o centro espírita, quis conversar com o namorado.

— Fabiano, por três vezes atendi um adolescente que sofre de paralisia cerebral. Ele está internado por causa de uma infecção urinária. O que me fez querer saber mais sobre esse doentinho é que vi os pais dele, devem ter, os dois, quarenta anos. Por dificuldades no parto, a criança teve a paralisia, está agora, com dezenove anos, usa fraldas, ele fala poucas palavras, comunica-se mais com os olhos, não anda, mexe pouco com os braços e mãos, é dependente para tudo. O casal cuida do filho com muito carinho, mas... eles têm mais uma filha, com dezessete anos, que é portadora de uma doença rara, nasceu assim. No parto dessa filha, foi feita uma cesariana; nos primeiros meses parecia ser uma criança normal, mas não é; é menos dependente, pois anda com dificuldades, alimenta-se sozinha, fala e enxerga pouco, e é autista. Fiquei sabendo que o casal teve mais outro filho, que desencarnou com nove anos e que era também deficiente mental e físico. Por que um casal tem três filhos e todos os três são doentinhos? Será que o senhor Sérgio não nos explicaria?

— Vamos ao centro espírita; se ele puder conversar conosco, vamos perguntar. Com certeza esse fato é explicado nos ensinamentos da Doutrina Espírita.

Foram ao centro espírita, o casal aproximou-se de Sérgio e perguntaram se ele poderia conversar com eles; com a resposta positiva, Daniela contou o fato do casal com os filhos doentinhos e perguntou:

— Senhor Sérgio, por que espíritos reencarnam com deficiências mentais?

— Deficiências — explicou Sérgio —, quaisquer que sejam, são enfermidades da alma, do espírito. Deficiências mentais são pelas enfermidades no cérebro físico oriundas do espírito, quase sempre ocasionadas por uma grande dor do remorso por ter cometido erros. Devemos sempre, ao errar, após ter compreendido que agimos com maldade, nos arrepender, mas não sentir remorso destrutivo, querer nos punir, mas sim resgatar nossas ações errôneas com atos bons num trabalho edificante, e, com carinho, amor, limpar nossos terrenos dos vícios e plantar as boas sementes. Porém nem todos os espíritos conseguem fazer isso e escolhem a dor. Outros, impossibilitados de escolha, reencarnam, e o corpo físico é como um filtro para esses espíritos, que os purifica de seus atos indevidos. Quando isso ocorre, reencarnar doente, o espírito fez bem somente a si mesmo; normalmente sente-se melhor por se livrar do remorso, após ter resgatado suas ações nocivas. Porém sei que pode ocorrer de um encarnado ter deficiências e o espírito ainda ser arrogante, ter pensamentos ruins, ser revoltado, julgar-se injustiçado e planejar, assim que possível, descontar, vingar-se e aproveitar a vida; isto é raro, mas ocorre. A maioria desses doentinhos passa por um aprendizado sofrido com esperança de um dia tornarem-se sadios para recomeçar fazendo o bem.

— É verdade que um casal que tem de resgatar, aprender, um espírito querido deles vem ser filho e ter deficiências?

— Se isso ocorre é algo excepcional e raro. O que é para o espírito que não precisa resgatar erros ser deficiente? Passar uma encarnação sem fazer nada de útil? Para um casal que precisa passar pela experiência de ter um rebento doente existem muitos espíritos enfermos que necessitam da vivência encarnada para se curar. Porém existem exceções, sei de pais ou mãe ou pai que amam tanto determinado espírito que o querem para filho, e sabem que ele, pela sua encarnação anterior, será deficiente, doente e o aceitam por amor, renúncia, para ajudá-lo. Sabem que irão sofrer, mas preferem sofrer perto, junto. Outros pais se sentem culpados pelos erros que o outro cometeu e resgatam juntos. O leque de causas é grande. Na espiritualidade não existe regra geral. Conheço um casal que o ente querido teria como aprendizado desencarnar jovem, eles pediram e o queriam como filho. Preferiram tê-lo perto de si e depois sofrerem pela separação, com a desencarnação precoce dele, do que deixá-lo ter outros pais. Isso é amor. Não se pode sofrer pelo outro, comer para saciar a fome de outra pessoa, beber, tomar um remédio para o outro sarar, mas pode-se ficar perto, ajudá-lo com amor, cuidar e encaminhá-lo para o bem.

— Isso é muito bonito! — exclamou Daniela. — É gratificante compreender a bondade, a misericórdia de Deus!

— É verdade! — concordou Sérgio. — Realmente somos responsáveis somente por nós mesmos, somente por nós. Quanto ao casal que citou, com certeza eles devem ter sua história, ter motivos para terem tido três filhos doentinhos. O importante para esse casal é fazer o que planejou e, pelo que você me contou, o casal está fazendo o bem, adquirindo boas experiências, e estão caminhando para o progresso. Estão reparando erros? Penso que somente os espíritos deles sabem. Mas o importante é que eles estão aprendendo muito.

— Sei de pais que abandonam filhos com deficiências — contou Daniela.

— Sim, isso ocorre. Estas pessoas deixaram de fazer, perderam uma oportunidade, e a sensação que um dia sentirão é de que poderiam ter feito algo de bom e não fizeram, com certeza sentirão remorso. Mas, para o abandonado, seu resgate continua; como sempre acontece, ao desencarnar, é socorrido e normalmente se sente bem, sem a dor do remorso; quite com ele mesmo, aprendeu a dar valor a um corpo físico sadio e se torna esperançoso para reiniciar sua jornada.

— Senhor Sérgio, é verdade que muitos deficientes foram suicidas? — Fabiano quis saber.

— Nem sempre e nem todos. O suicida abdicou de vida física; normalmente, para ele ter agido assim, os motivos são muitos, cada caso é um caso e é visto com especial carinho pela espiritualidade. A maioria dos suicidas quer se livrar de um sofrimento, nem sempre quer morrer ou afrontar as leis de Deus. Porém, quando se despreza o corpo físico e o danifica, faz-se também com nossa veste espiritual, o perispírito, e, se não conseguir equilibrá-lo, pode voltar ao Plano Físico, reencarnar, trazendo as deficiências que, pelo seu ato impensado, adquiriu; o suicida quase sempre sente muito remorso, este sentimento pode desarmonizá-lo e, se não conseguir se harmonizar, reencarna doentinho para se harmonizar pela dor. Muitos conseguem se equilibrar, reencarnam sadios ou com algumas sequelas; pode ser que desencarnem jovens quando querem viver, para aprender a amar a vida em todas suas fases. Mas muitas coisas podem acontecer, aprender a amar a vida pode ser também um aprendizado para não tirar ninguém da veste carnal, ou seja, assassinar. Realmente para o mesmo efeito pode haver muitas causas. Mas não é somente pelo assassinato de outro ou de si mesmo que se desarmoniza, se faz também por maldades, crueldade para com o próximo, atos graves, e também por uso de tóxicos, drogas por meio das quais, voluntariamente, se adoeceu o corpo sadio.

— De fato, são muitas causas e diversos efeitos — concluiu Daniela. — É difícil então julgar: fez isso e paga assim.

— Sim — Sérgio foi lacônico.

— Como médica, tenho me defrontado com doenças, muitas curáveis, outras que causam muitas dores. É difícil ver isso sem entender que existe a reencarnação.

— É verdade— concordou Sérgio. — Faz e recebe, porém não devemos, ao ver alguém sofrer, pensar o que será que ele fez de errado. Não julgar, ensinou Jesus. Ao ver alguém sofrendo, devemos fazer a ele o que gostaríamos, se estivéssemos na situação dele, que alguém fizesse a nós. Porém devemos sempre lembrar que muitos encarnados passam por provas. Espírito que quer ter a certeza de que aprendeu a perdoar passa por uma situação difícil de agressão, ofensa, calúnia, e, se perdoa, passa na prova escolhida. Outros querem estar doentes, sentir dores e não reclamar ou se revoltar e continuar amando; se conseguirem, também foram aprovados, e por eles mesmos. São muitas as provas, e ser aprovado é gratificante.

— Quem usa para o mal da inteligência pode perdê-la? — Daniela quis saber.

— Sim, mas temporariamente. Deus não faz um ser inteligente e outro não. Pessoas inteligentes o são porque a desenvolveram com estudo e trabalho. Normalmente, inteligentes são seres ativos. Infelizmente, tudo o que existe, incluindo inteligência e conhecimentos, pode ser usado para o bem ou para o mal, pelo livre-arbítrio. O uso de tudo é permitido, mas não o abuso. Tornam-se cada vez mais inteligentes os espíritos que trabalham e estudam, estejam eles encarnados ou desencarnados. Dispor do que se sabe e trabalhar para o bem comum é usar da inteligência e de seu conhecimento para o bem; assim, adquire-se um tesouro que a traça não rói, a ferrugem não prejudica. Porém, ao abusar da inteligência para fazer maldades, oprimir, e de forma egoísta, poderá ficar privado dela por um período, talvez uma ou mais encarnações. Um espírito que abusou pode reencarnar com o cérebro físico deficiente, doente e este espírito pode se sentir como um grande pianista, que tem para tocar um piano faltando algumas teclas e desafinado, ele sente que sabe que poderia tocar, fazer, e não consegue.

— Sofre? — perguntou Daniela.

— Se ele se sentir assim, sofre, e seria bom que aprendesse a lição e não mais abusasse. Normalmente, um encarnado deficiente mental, ao desencarnar, é socorrido, mas, pelo seu livre--arbítrio, poderá ter ou não assimilado a lição que a dor tentou ensiná-lo. Lembro que: todos nós temos oportunidades de aprender pelo amor, a dor somente se torna mestra quando se é recusado o aprendizado pelo amor. Se o espírito aprendeu a lição, usará de sua inteligência para realizar o bem. Mas o que se aprendeu pelo estudo e trabalho é patrimônio, é da pessoa.

— É muito complexo! — exclamou Fabiano. — Fazer o mal não está com nada!

Riram. O casal agradeceu, se despediram e foram lanchar.

Na outra semana Daniela contou ao namorado que teria dez dias de férias, iria para sua casa na quarta-feira pela manhã e o convidou para passar o final de semana na casa dela e conhecer sua família. Fabiano aceitou e combinaram: ele iria no sábado cedo de camionete e voltaria no domingo à tarde.

Sua mãe ficou apreensiva pela viagem que o filho faria e como ele seria recebido. Mas o ajudou a arrumar uma maleta com suas melhores roupas.

Fabiano ficou um pouco apreensivo porque sua mãe estava, mas tentou se acalmar.

"Se Daniela e eu gostamos um do outro, combinamos e pensamos em ficar juntos, terei de conhecer sua família, como ela conheceu a minha. Espero que eu goste deles e que seus pais me aceitem."

No sábado cedo, Fabiano saiu em viagem, Daniela havia traçado seu caminho, a rodovia que teria de percorrer. Foi prestando atenção. A viagem de quatro horas demorou mais um pouco, por ele ter parado e ter ficado atento para não errar o trajeto.

Na cidade em que a namorada morava, mesmo lembrando bem o que a namorada orientara, perguntou três vezes e suspirou aliviado quando parou em frente da casa e viu Daniela no portão. A moça o abraçou e perguntou se fizera uma boa viagem; pegando em sua mão, o conduziu para dentro da casa. Os pais dela o esperavam. Foram apresentados e a simpatia foi recíproca.

Tomaram o café da tarde, conversaram, e passou o temor, o receio que Fabiano sentia por não ser aceito. Daniela lhe mostrou a casa, esta era grande, confortável, mas não era luxuosa; mostrou o quarto em que ele ia pernoitar, uma suíte com banheiro. Ele se banhou e, após, o casal ficou sozinho na sala de estar.

— Gostei muito de seus pais, Daniela, espero que eles tenham gostado de mim.

— Gostaram, sim.

Jantaram, ficaram conversando, depois os dois jovens ficaram na área da frente namorando.

No domingo, Daniela levou o namorado para conhecer a cidade, que era grande, e Fabiano a achou bonita. No almoço, o irmão dela, a cunhada e os dois filhos foram na casa dos pais para conhecê-lo. Tudo deu certo, o almoço foi festivo, conversaram muito e todos estavam contentes.

Passou do horário que Fabiano marcara para ir embora, o fez mais tarde, Daniela iria retornar somente na quinta-feira.

Daniela o acompanhou até a camionete, explicou a ele como saía da cidade e a ir para a rodovia.

Na estrada, Fabiano, contente por tudo ter dado certo, pensou na visita que fizera.

"Com certeza os pais de Daniela a amam muito e querem que seja feliz, que esteja bem. Ao vê-la bem namorando, me aceitaram, talvez eu não seja o genro que idealizaram, mas perceberam que eu sou honesto e que a amo."

Não queria ter de viajar à noite, mas, como se atrasou para sair, teve de fazê-lo. Sentiu muito sono. Não dormira bem nas duas noites anteriores à viagem por ter ficado apreensivo por fazer uma viagem mais longa e sozinho, por não conhecer o lugar, e depois com receio de não ser aceito pela família dela.

Na noite de sábado, na casa de Daniela, também não dormiu bem, estava ansioso.

Sentindo muito sono, resolveu parar num posto na beira da estrada e dormir um pouco.

Estacionou, acomodou-se na camionete e dormiu.

CAPÍTULO 10

Um acontecimento inesperado

Fabiano dormiu por umas três horas, acordou, tomou água, lavou o rosto. O posto de combustível e o restaurante estavam fechados, olhou as horas, eram três e quinze minutos, continuou a viagem. A rodovia estava deserta nessa hora; sem sono, prestando atenção, chegou bem em casa às quatro horas e quarenta minutos. Deixou a camionete em frente ao portão, tentando não fazer barulho, entrou, foi para seu quarto, deitou e dormiu.

Acordou às nove horas e quinze minutos com sua mãe o chamando. Levantou-se, tomou rápido um café e foi trabalhar, tinha muito o que fazer, somente disse para sua mãe que tudo dera certo e que fora uma excelente viagem.

Chegou ao mercadinho e planejou o que teria de ser feito; foi rápido buscar verduras, fechou o caixa e nem prestou atenção nuns cochichos entre fregueses e seus empregados.

Foi almoçar, teria de agilizar, para retornar ao trabalho. Logo que chegou em casa, Flávia lhe deu a notícia.

— Irmão, mataram o Eloy, o amante de Salete.

Fabiano não se importou com a notícia, continuou comendo, mas a irmã completou a informação:

— Foi nesta noite, deram dois tiros nele, morreu assassinado, não se sabe quem é o assassino.

O moço continuou não dando importância, acabou de almoçar e retornou ao mercadinho.

Eram quatorze horas quando Salete afobada entrou no estabelecimento, fez um sinal para ele ir para um canto e, sem sequer cumprimentá-lo, perguntou:

— Fabiano, você matou Eloy?

— O quê?! Eu?! Claro que não! Por que faria isso?!

— Por amor, por ter sido traído — disse Salete o olhando.

— Nunca mataria uma pessoa. Não o matei!

— Irei ao enterro — contou Salete. — Papai irá me levar, mas, antes de ir, quis saber de você se o matou.

Saiu rápido como entrou. Fabiano se sentiu atordoado, e foi então que, mesmo atarefado, percebeu olhares de clientes e cochichos. Aproveitou, minutos depois, que não tinha cliente para indagar os dois empregados, o mocinho fora fazer uma entrega.

— Vocês estão entendendo o que está acontecendo? Por favor, me contem.

— É que... — a empregada tentou falar, mas com certeza não estava encontrando uma maneira de dizer.

— Senhor Fabiano — o empregado resolveu informá-lo —, o que está acontecendo é o seguinte: Eloy foi assassinado esta noite na cidade em que reside, de madrugada; ele estava no seu carro e alguém o alvejou pela janela, recebeu dois tiros, um na cabeça e outro no pescoço. O veículo continuou se movimentando e bateu num posto. Eloy faleceu na hora. O pai dele mandou um empregado avisar Salete logo de manhã e... há falatórios.

Como o empregado parou de falar, Fabiano pediu:

— Conte-me tudo. Que falatório?

— Que o senhor saiu neste final de semana, chegou em casa quase cinco horas da manhã. Dona Mariquinha, a vizinha da frente de sua casa, o viu chegando.

— E daí? — Fabiano se impacientou.

— Que você pode ter matado Eloy — disse o empregado.

— O quê?! — Fabiano se assustou.

— Penso que até Salete acredita nisto. Ela veio aqui perguntar ao senhor — disse a empregada.

— Eu não matei ninguém, não assassinei Eloy. Imaginem! Por que faria isso?

— Para se vingar da traição, é o que dizem — falou o empregado.

— Pois eu não matei ninguém! — exclamou Fabiano aborrecido.

Entraram dois clientes que o olharam, examinando.

No horário, Fabiano fechou o seu comércio e foi para casa. Encontrou os três, pai, mãe e a irmã, o esperando; ele, contente, contou que fora bem recebido, como eram os pais de Daniela, o irmão, os sobrinhos. Os três ficaram sérios escutando. Foi então que ele percebeu e quis saber o porquê de estarem daquele jeito.

— O que aconteceu? Vocês não ficaram contentes com o que contei?

— Filho — disse o pai —, deixemos esse assunto para depois. Estamos preocupados com você.

— Comigo?!

— Sim. Eloy foi assassinado — contou o pai.

— Eu soube e até escutei uns cochichos e...

— Estão dizendo que pode ser você — o pai completou a informação.

— Então o que meus empregados disseram sobre os falatórios é verdade. Meu Deus! — exclamou Fabiano.

— Meu Deus mesmo! — repetiu a mãe. — Filho, você chegou em casa de madrugada, e Eloy foi morto à noite, talvez entre duas horas e trinta ou quarenta minutos. Onde estava?

— Saí mais tarde do que planejei da casa dos pais de Daniela. Por ter estado apreensivo com a viagem, não dormi bem nos dois dias anteriores e nem no sábado na casa dela. No caminho senti sono, então parei num posto e tirei uma soneca dentro da camionete. Acordei e continuei a viagem.

— Filho, você se lembra em que posto parou? — perguntou o pai.

Fabiano falou, o pai colocou as mãos na cabeça e exclamou preocupado:

— Meu Deus! Filho, esse posto fica na rodovia perto, bem ao lado da cidade em que Eloy morava. Jesus!

— Papai, foi coincidência, parei no primeiro posto que encontrei. Não matei ninguém!

— Laís! Laís! — gritou uma irmã dela no portão.

— Mamãe, por favor, não quero visitas — pediu Flávia.

Laís foi ao portão, ficou somente uns cinco minutos e entrou chorando.

— Por favor — rogou Fabiano —, o que de fato está acontecendo? Minha viagem deu muito certo. Gostei da família de Daniela, e eles, penso, que de mim. Soube que Eloy foi assassinado. Salete foi ao mercadinho me indagar se não fora eu quem o matara. Não me importei nem quando meus funcionários me contaram dos boatos que eu poderia ter sido o autor do crime. Se não dei importância, agora estou me preocupando.

— Você, irmão — Flávia resolveu esclarecê-lo —, está sendo vítima de mais fofocas, ou pior, de maledicência.

— Mas esta é preocupante! — interrompeu o pai.

— O comentário — Flávia voltou a falar — é que pode ser você o assassino. E, deste "pode", alguns têm a certeza.

Fabiano não conseguiu nem falar, respirou fundo.

— Conte para nós — pediu o pai — tudo o que aconteceu enquanto esteve parado no posto.

Fabiano repetiu.

— Acreditamos em você — afirmou Laís.

— Papai, mamãe, eu nunca mataria alguém. Nunca! Não sou assassino. Se quiserem, juro por Deus que eu falo a verdade. Não gosto mais da Salete, e há tempos estou de fato amando Daniela e muito bem com ela. Acreditam em mim?

— Sim, acreditamos em você! — responderam os três juntos.

— Vou contar a você — disse Flávia — tudo o que sabemos. Pelas onze horas um empregado do pai de Eloy veio informar Salete de que o filho fora assassinado. Com certeza ela, ao saber, contou para todos que conseguiu. Por ela ter ido ao mercadinho o ver, as más-línguas já pensaram que Salete escutou do empregado que veio dar a notícia algo mais e que ela, por saber de mais coisas, foi lhe perguntar e o tornou suspeito. Começaram os comentários. A família horrorosa, é o que penso deles agora, começou a vir aqui em casa querendo saber o que está

| 139

acontecendo, e se a gente sabia o que você tinha feito. Um horror! Infelizmente, para todos, você matou Eloy.

— Como não fui eu — Fabiano conseguiu falar —, logo, com certeza, encontrarão o assassino.

— Vamos passar por momentos difíceis — advertiu Dirceu.

Fabiano sentiu um aperto no peito, medo e não sabia o que fazer.

"Por que senti sono? Por que parei? E sem querer num posto ao lado da cidade que Eloy morava."

Foram dormir; como costumava fazer nos últimos meses, leu um texto do Evangelho, orou, tentou se acalmar e dormiu. No outro dia foi ao mercadinho e não entrou nenhum cliente.

— Os fregueses sumiram. Será que não virão? — perguntou Fabiano.

— Penso que eles não querem mais entrar aqui — respondeu o funcionário.

— Estão dizendo que não querem comprar nada de um assassino — comentou o empregado novo.

No horário do almoço, Flávia comentou:

— Briguei com duas amigas, agora ex-amigas. Ainda bem que estou de férias; senão, brigaria com a classe toda. Mamãe chorou porque duas irmãs dela chamaram você de assassino!

— É melhor tentarmos fazer o que costumamos. Vou voltar ao mercadinho — decidiu Fabiano.

— Mamãe e eu resolvemos ficar em casa e não receber ninguém — determinou Flávia.

Fabiano voltou ao seu comércio, porém não entrou nenhum cliente, as verduras e frutas com certeza estragariam, ele levou muitas para sua casa e a maioria para a periferia e as distribuiu.

O avô materno, pai de Laís, estava há meses adoentado, piorou e foi internado no hospital. Às três horas da madrugada, uma irmã de Laís veio informá-la de que o pai falecera e, junto da notícia, a ofensa:

— A culpa foi do seu filho! Papai, quando soube que um dos seus netos é um assassino, não aguentou a vergonha, sentiu-se mal e não resistiu. Espero que ele, vocês, não vão ao velório e nem ao enterro.

A irmã virou as costas e foi embora. Laís chorou, o marido e os filhos a abraçaram. Fabiano não soube o que falar.

Abadia veio logo cedo à casa deles, os abraçou e tentou consolá-los.

— Tudo se resolverá! Quero que saibam que eu não estou do lado da família, não compactuo com eles. Acredito em você, Fabiano! Você não matou ninguém!

— O que aconteceu, Abadia, para papai ter falecido? — Laís quis saber.

— Como você sabe, papai estava doente e, mesmo não querendo aceitar, sabíamos que ele logo iria partir. Porém ele não precisava saber dessa notícia, um boato inverídico, ninguém sabe se foi Fabiano ou não quem matou Eloy. Contaram para nossos pais, e o fizeram como certo, que Fabiano é assassino. Papai, ao saber, se sentiu mal, o levaram para o hospital e ele desencarnou, ou seja, faleceu. Se você, Laís, quiser ir ao velório, eu a acompanho; agora cedo não deve ter muitas pessoas; isto se você quiser se despedir dele, ficará somente alguns minutos. Peço-lhe para nem Dirceu nem Flávia irem, principalmente você, Fabiano.

— Com certeza estão me culpando pela morte do vovô — lamentou Fabiano.

Abadia não precisou responder.

As duas saíram, Laís e Abadia, foram ao velório. Fabiano foi ao mercadinho, não iria mais comprar frutas e verduras, organizou o horário dos dois funcionários, deixando que abrissem e fechassem o estabelecimento, e foi para casa.

Ao descer da camionete em frente à sua casa, um primo dele o esperava na frente do portão.

— Fabiano cafajeste! Não somente matou Eloy como também o nosso avô! Não lhe dou uma surra para não sujar minhas mãos!

Xingou-o com palavras pesadas, ofensivas. As vizinhas saíram na calçada, estavam ansiosas para saber das novidades envolvendo aquele assunto, o assassinato, queriam mesmo ver o que estava acontecendo e saber de detalhes. Flávia foi ao portão com uma vassoura na mão.

— Entre, Fabiano! — ordenou a irmã. — Não dê importância a esse imbecil!

Fabiano se assustou, não esperava algo assim, ser agredido, não conseguiu nem falar; entrou com a irmã, que trancou o portão e a porta. Flávia o abraçou:

— Não ligue, Fabiano, esse primo sempre o invejou. Agora despejou seu veneno.

Laís voltou do velório; naquela época e nessa cidade, velavam muitas pessoas num salão ao lado da igreja; os cidadãos da cidade diziam ser da igreja católica. A mãe de Flávia estava com o rosto inchado de chorar. Abraçaram-se.

— Somos uma família! E família fica unida! — exclamou Flávia.

— Mamãe, a senhora foi ofendida no velório? — Fabiano quis saber.

— Não! — respondeu Laís. — Abadia ficou ao meu lado, não vi minha mãe por ela ainda não ter ido. Orei pelo papai. Somente escutei de uma das minhas sobrinhas, que comentou com a outra: "Coitada da tia Laís, mãe de um assassino!"

— Tudo irá ser esclarecido! — desejou ardentemente o filho de Laís.

Fabiano não retornou pela manhã ao mercadinho. Eram treze horas quando um funcionário da delegacia bateu no portão, ele era conhecido, todos moradores da cidade se conheciam, Fabiano o atendeu, e o moço lhe deu o recado para ele ir às quatorze horas à delegacia que o delegado queria falar com ele.

Alguns vizinhos que vigiavam a casa saíram à calçada querendo saber se ele seria preso.

Fabiano se trocou; Laís queria ir com ele, insistiu, mas ele não quis.

— Por favor, mamãe, deixe-me ir sozinho. Com certeza o delegado irá me fazer somente algumas perguntas, não se preocupe.

— E se ele o prender? — Laís estava aflita.

— Claro que não! Não serei preso. Certamente ele quer saber de mim, pelos falatórios, o que está acontecendo.

Foi à delegacia, que era cinco quarteirões de sua casa, e foi caminhando rápido, evitou até de olhar para os lados.

Na delegacia foi conduzido à sala do delegado, que o tratou bem e explicou:

— Quero lhe fazer umas perguntas. Recebi este questionário do delegado da outra cidade, que está encarregado de investigar um crime. A primeira pergunta é: o que você fez neste final de semana? Onde esteve?

Fabiano contou e também da parada no posto.

— Complicou! — exclamou o delegado. — Bem, isso é para o meu colega resolver. Voltemos às perguntas: Você conhecia o senhor Eloy?

— Sim.

— Sentiu raiva dele por Eloy ter sido preferido por sua namorada?
— Não! — Fabiano foi lacônico.
— Não mesmo? Você foi traído — insistiu o delegado.
— Isso acontece.
— Pensou em matá-lo? — o delegado continuou com seu questionário.
— Não! Claro que não!
— Você tem armas? Sabe atirar?
— Sei atirar, mas não tenho armas — respondeu Fabiano.
— São somente estas perguntas.
— O senhor me permite completar? Sim?! Obrigado! Quero dizer que superei fácil o rompimento do namoro com Salete e no momento estou namorando outra moça e apaixonado por ela. Não tive, não tenho motivos para querer ou ter matado Eloy, e não o fiz.
— Certo, anotei isto. Pode ir! — o delegado apontou a saída para ele.

Fabiano saiu da delegacia, viu um grupinho, seis pessoas na frente do prédio e também outras na calçada em frente à sua casa.

"Com certeza", pensou, "estão querendo saber se serei ou não preso. Não irei esta tarde ao centro espírita, Daniela chegará somente à noite".

Ao abrir o portão de seu lar, escutou de dona Marli, porque ela falava alto, com certeza para ele escutar:

— O cara não ficou preso! Absurdo! Não se prende assassino nesta terra! Que tristeza! Assassino!

Fabiano fingiu que não escutou e entrou. Assim que a mãe e a irmã o viram entrar, elas o esperavam ansiosas, quiseram saber como fora a conversa com o delegado.

— Fui bem tratado — contou o moço —, o delegado quis saber onde fui neste final de semana, se eu tinha arma e se sentia raiva de Eloy. Respondi, ele anotou, me explicou que estava me fazendo as perguntas a pedido do delegado da cidade em que Eloy fora assassinado.

— Você contou que parou no posto? — Flávia quis saber.

— Sim, contei e expliquei que estava com sono, que eles poderiam se informar com o pessoal que trabalha no posto, que com certeza me viram.

— O que o delegado falou sobre isso? — Laís se preocupou.

— Nada!

Fabiano, ao responder, abaixou os olhos, não tinha costume de mentir, mas não queria preocupar mais ainda sua mãe.

— Com certeza — deduziu Flávia —, o delegado, acostumado a lidar com bandidos, compreendeu que você fala a verdade.

— Quando fui abrir o portão — contou Fabiano —, as três vizinhas da frente, as que costumam vigiar a rua, estavam na calçada, talvez querendo saber se ficaria preso, elas estavam conversando. E sabem o que escutei da dona Marli? Ela me chamou de "assassino", disse que era um absurdo não ter sido preso. Escutei-a rir.

— Ingrata! — Flávia se indignou. — Você e mamãe sempre a ajudaram. Quantas vezes você trouxe verduras e frutas para ela e não cobrava o fiado, as compras que ela fazia no mercadinho. Ela é viúva, recebe uma pensão mínima, e os três filhos não ligam para ela; talvez seja por este motivo, é ingrata e maldosa. Nunca mais nenhum de vocês irá dar mais nada para ela. Isto não é vingança, é lição.

— Entendo você, minha irmã — concordou Fabiano. — Receber ofensas de quem a gente não fez nada nem de bom ou mal é sentido, porém, de quem nos deveria ser grato, é mais

| 145

dolorido. Não daremos mais nada a ela, penso que de fato seja uma tentativa de lição, não se tacam pedras em quem lhe fez agrados.

— Mais que agrados, favores mesmo — observou Flávia.

— Talvez, quando ela precisar, poderá não ter ninguém que faça para ela, aí talvez entenda que foi ingrata e poderá aprender a lição — concluiu Fabiano.

Ficaram em casa, somente o pai saiu para trabalhar; quando ele retornou, Fabiano ouviu a conversa dos seus pais, que estavam na cozinha.

— Dirceu, você não ouviu nada ofensivo no seu trabalho? Não mesmo? — Laís quis saber.

— Sinto que eles também comentam, mas não perto de mim. O que ouvi foi somente o que lhe contei, o que Maia disse pensando que eu não estava ouvindo, que era como todos sentiam pena de mim por ter um filho assassino.

Fabiano interferiu:

— Quando tudo isto acabar, porque sei que passará, irei embora desta cidade. Estão fazendo tudo isto sem terem a certeza de que eu seja um assassino, imagina se tivessem certeza... O que eles fariam?

— Também estou desgostosa com todos — lastimou Laís e, virando para Dirceu, comentou: — Você sempre me alertou que minha família era fofoqueira, interesseira, e eu os defendia, penso que fazia isso por também ter participado de muitos falatórios, mas não um assim com tanta maldade. A não ser Abadia, todos nos condenam.

— Sinto por eu ser a causa, mas sou inocente! — lamentou o moço. — Somente não entendo por que essa revolta contra mim.

— Pois eu entendo! — exclamou Flávia.

Vera Lúcia Marinzeck de Carvalho do espírito Antônio Carlos

A mocinha entrou na cozinha, ficando atrás do irmão; ele não a viu e se assustou. Flávia deu a sua opinião:

— Fabiano, você é muito bonito. Nossos pais fizeram uma combinação perfeita, fizeram filhos bonitos. Sinto, sempre senti, desde que comecei a entender, que sou alvo da inveja de amigas, primas e tias que não têm os filhos tão bonitos como mamãe teve. Já chorei muito por comentários maldosos sobre mim e por tentarem me diminuir, até por não quererem sair comigo porque os garotos me olham muito, todos querem me namorar, talvez seja por isto que não namoro. Penso que você, por ser mais distraído, não percebeu. Foi namorar Salete, que também é linda. Nossos primos, os mais velhos, são todos empregados, você é o único que conseguiu ser patrão. Foi invejado e, para o invejoso, o prazer é diminuir seu alvo. Você tem razão de querer se mudar daqui e, se possível, me leve junto. Não estou mais gostando desta cidade.

— Antes ser invejado do que o invejoso! — Laís exclamou suspirando.

— Tem razão, mamãe — concordou Fabiano. — O invejoso faz mal a si mesmo. Porém, minha irmã, eu percebi, sim, algumas vezes que estava sendo invejado, mas não me importei. Estou pensando, sim, em ir embora daqui.

— Vamos resolver uma coisa de cada vez — decidiu Dirceu. — Primeiro a inocência de Fabiano, depois o que iremos fazer.

Não saíram de casa. À noite, Laís, além de fechar a casa, apagava as luzes da área da frente e fechava as cortinas.

— Vamos orar — convidou Fabiano.

Oraram o terço, sentiram-se mais confortáveis orando e Laís rogou, chorando por ajuda.

Os quatro se abraçaram e choraram.

| 147

Foram se deitar cedo; eram seis horas e trinta minutos da manhã quando Abadia, era a única da família a que Laís abria a porta, foi lhe dar a notícia:

— Laís, mamãe faleceu. Ela estava relativamente bem. Eu fui escalada para dormir com ela, cheguei às vinte horas. Ela se deitou às vinte e duas horas e eu também dormi. Acordei e, como mamãe não se levantou, fui vê-la e a encontrei morta. Chamei a família, o médico. Peço-lhe, Laís, desta vez, não ir ao velório nem ao enterro. Tenho de ir. É melhor ficarem em casa.

Laís chorou e Flávia também.

— Mais uma culpa sem tê-la. Meu Deus! — exclamou Fabiano sentido.

Ele foi andando rápido ao mercadinho e pediu para seus dois funcionários não o abrirem.

— Senhor Fabiano — disse o empregado —, iremos abrir sim, fechar é pior. Mesmo sem cliente, abriremos. O senhor não precisa vir. Nós dois confiamos no senhor, sabemos, sentimos que não é assassino.

— Obrigado!

Fabiano se emocionou e se esforçou para não chorar. Voltou para seu lar, Dirceu não foi trabalhar e se trancaram em casa. Ninguém foi incomodá-los.

Os quatro sofriam, Laís estava inconsolável por não ter podido ir ver a mãe, e desabafou:

— Isto porque não escutei calada, revidei umas ofensas com outras. Disse às minhas irmãs o que elas fizeram de errado e não gostaram. Também os acusei de terem contado algo incerto para nossos pais, que os dois não precisavam saber. Que foi maldade. Que a culpa era delas, as maledicentes, e acabei por xingá-las. Flávia tem razão, eles estão agindo com maldade.

Novamente se uniram num abraço e choraram.

— Vamos ler um texto do Evangelho — pediu Fabiano. — Pegue, por favor, Flávia, a Bíblia, leia na parte do Novo Testamento o Sermão da Montanha, no Evangelho de Mateus, que papai tanto gosta.

Flávia pegou a Bíblia, que ficava sempre em cima de uma mesinha lateral na sala, e abriu, Dirceu deixava este texto com marcador. A mocinha leu todo o sermão. Depois oraram pelos avós e pediram a Deus e ao Mestre Jesus proteção, que os iluminassem naquela hora difícil.

Sentiram-se melhor, como sempre nos sentimos, ao orar.

CAPÍTULO 11
O período difícil continua

À tarde, após o enterro da mãe, Abadia foi vê-los. Choraram juntos, e a tia comentou:

— Eu já fiz atos, coisas que não queria, com medo de falatório. Sempre ajudei a família, mas foi agora que percebi que sou uma estranha para eles, não compactuo com o que fazem, com certas atitudes de nossos familiares. Mesmo que ficasse provado que Fabiano fosse o assassino, não era para eles agirem assim. Estou desgostosa com todos e também com a maioria daqueles que se diziam amigos. Fui hostilizada e, no enterro de minha mãe, disseram que eu estava acobertando um assassino. —

Abadia se virou para o sobrinho e indagou em tom de voz baixo:
— Vamos ao centro espírita? Eu o espero. Voltarei de ônibus.
Laís escutou, mas não prestou atenção.
Depois, Abadia contou como foi o enterro e foi embora.
A família, vigiada pelos vizinhos, se trancou em casa. No sábado, Fabiano resolveu ir ao centro espírita e também contar a Daniela o que estava acontecendo.
Na cidade, deixou a tia em frente ao centro espírita, foi ao apartamento da namorada, ela abriu a porta, e ele pediu para entrar. Sentou-se no sofá e disse:
— Daniela, preciso conversar com você.
Fabiano chorou, Daniela se assustou, sentou-se ao lado dele e esperou uns cinco minutos. Fabiano, mais aliviado, falou rápido e enxugou as lágrimas.
— Daniela, senti sono na viagem, quando estava voltando de sua casa; parei num posto de combustível, acomodei-me na camionete e dormi. Acordei, lavei o rosto e segui viagem. Mas algo aconteceu nessa noite de domingo para segunda-feira: Eloy, o moço com quem Salete me traiu, foi assassinado. Pior é que, por coincidência, esse posto fica ao lado da cidade em que Eloy foi morto. Estão duvidando de mim. Estou sendo acusado.
Daniela o abraçou.
— Você contará detalhes depois, vamos agora ao centro espírita pedir ajuda. Fabiano, eu acredito em você. Eu o amo!
O moço se sentiu reconfortado, foram ao centro espírita e ficaram no fundo do salão, porque a palestra estava na metade. Receberam o passe e, após, pediram para conversar com Sérgio, que, atenciosamente, escutou Fabiano e os confortou:
— Abadia me contou o que está acontecendo. Nosso orientador espiritual nos disse que você, Fabiano, não tem a marca dos homicidas, que é inocente. Tenha paciência, tudo irá se

resolver, vamos orar para isso e rogar aos bons espíritos o auxílio que necessita.

O casal se sentiu reconfortado e voltaram ao apartamento de Daniela. Então ele contou tudo.

— Nossa! — exclamou Daniela, que se assustou. — Eu nem sei o que dizer. Sinto pelos seus avós. Por que foram contar isso a eles? Que maldade! Bem, agora eles, desencarnados, se já não sabem, irão saber que você não é assassino. A culpa deve ser de quem, sem ter certeza, contou aos dois velhinhos. Fabiano, vamos para sua casa. Você volta com a camionete e eu irei de carro, porque tenho de retornar amanhã.

— Por que, Daniela, você quer ir à minha casa?

— Para não ter mais falatório de que você fugiu. Quero estar com vocês neste momento difícil.

E assim fizeram, Flávia ficou contente ao vê-la, receberam bem a moça. Laís, mesmo triste, gostou da presença da moça, que tentou alegrá-los.

— Crimes assim — opinou Daniela —, de pessoas importantes, logo se encontram culpados. Tudo isto passará. Gostaria que Fabiano, quando tudo se resolver, não ficasse mais morando nesta cidade. Estou pensando: Por que não se mudam todos? E para a cidade que meus pais moram. Quem de vocês quer continuar morando aqui?

— Eu não quero! — determinou Flávia.

Os outros três não responderam.

Lancharam, ficaram até tarde conversando e foram dormir. Não saíram de casa.

Daniela foi embora na tarde de domingo.

Na segunda-feira, Dirceu foi cedo trabalhar e Fabiano foi para o seu estabelecimento; ao chegar, viu a parede da frente pichada, escrito com tinta preta: "assassino horroroso, matador" e dois palavrões. Ele somente suspirou e entrou. Encontrou-se com os dois empregados, e a funcionária informou:

— Encontramos pichado, deve ter sido escrito à noite.

Fabiano somente sacudiu os ombros.

— O senhor Lorenzo — contou o funcionário —, no sábado, fez uma compra e não pagou, disse que não paga assassino.

Entraram no mercadinho o empregado novo com o pai dele.

— Fabiano — disse o senhor —, meu filho não irá mais trabalhar aqui, viemos para que acerte com ele.

O homem trouxe um papel na mão e entregou para Fabiano, era uma conta dos dias trabalhados e quanto o mocinho teria para receber. Fabiano conferiu, foi à sua escrivaninha, que ficava atrás de uma grande prateleira, pegou o dinheiro na gaveta, completou com o que estava na sua carteira e deu ao moço.

— Confira, por favor — pediu Fabiano.

— Está certo! — o moço conferiu.

— Então podem ir — disse Fabiano.

Os dois saíram, Fabiano voltou à escrivaninha, e um cliente entrou.

— E aí, o patrão de vocês já foi preso? Não sei por que não o prenderam ainda.

— Meu patrão não é assassino! — defendeu a funcionária.

— Quero ver ele provar — ironizou o homem. — Tudo indica que ele matou o cara.

— Senhor Olavo — a funcionária o indagou —, quando aconteceu de a Salete ter ido embora com Eloy, o senhor disse aqui, e nós ouvimos, que Fabiano deveria ter matado os dois. Por que agora o senhor está falando tudo isso? O chamando de "assassino"?

— Se ele tivesse de matar, deveria ter feito logo, no rompante do acontecimento, não depois, a sangue-frio e planejado — respondeu o homem.

— O que o senhor quer? — perguntou o empregado.

— Não tem verduras frescas?

— Não! — responderam os dois funcionários juntos.

— Até logo!

O homem saiu.

— Vamos fechar o mercadinho — decidiu Fabiano. — É o melhor. Vocês precisam de dinheiro? Não? Se precisarem de alguma coisa, vão lá em casa.

— Nós dois acreditamos no senhor. Trabalhamos juntos há anos e sabemos bem o caráter que tem — opinou a funcionária.

Fabiano se emocionou e enxugou as lágrimas.

"Estou muito emotivo", concluiu.

— Obrigado! Muito obrigado por confiar em mim. Eu não matei ninguém.

Fecharam o estabelecimento e cada um foi para sua casa. Passaram segunda e terça-feira trancados em casa, somente Dirceu saía para trabalhar. Abadia foi lá e tentou animá-los, ela combinou com o sobrinho de ir na quarta-feira ao centro espírita.

Foram; Sérgio, ao vê-los, tentou animá-lo.

— Fabiano, não desanime, logo tudo se resolverá.

Daniela ainda não havia chegado, e os três ficaram conversando.

— Tudo o que nos acontece é porque Deus quer — expressou Abadia. — Não cai uma folha de uma árvore se Deus não quiser, então que seja feita a vontade do Senhor.

Sérgio a olhou com carinho e deu sua opinião, explicando:

— Deus nos ama e nos deu o livre-arbítrio. Todos nós temos a livre escolha de nossos atos, porém há retorno tanto dos atos bons como dos errados. Deus provavelmente não quer que nenhum de seus filhos aja errado, com maldade, mas então entra na nossa história de vida o livre-arbítrio. Uma pessoa se suicida, outra mata o próximo, rouba, age com maldade, Deus não interfere. Por quê? Pelo que Ele nos deu: o livre-arbítrio. Se o Pai Celeste não quer que algo nos aconteça, de fato não acontece. Porém, pela liberdade que Ele nos deu, penso que Ele não interfere nas consequências de nossas ações, do retorno. Deus não impede ninguém de usar da liberdade que nos foi dada.

— Compreendi — Abadia entendeu a explicação — e acho muito justo. Com certeza quem assassinou Eloy usou de seu livre-arbítrio e se tornou assassino. Espero que Eloy possa ser socorrido, ajudado, reconheça e aceite a sua mudança de plano.

— O senhor poderia me explicar o que é de fato o livre-arbítrio? — pediu Fabiano.

— É a liberdade — Sérgio atendeu o pedido do moço —, é seguir nosso querer em fazer algo ou não, é ter escolha e opinar. Sem o livre-arbítrio nós não teríamos culpa por fazer maldades nem mérito em fazer o bem. É por esse atributo que podemos seguir o caminho escolhido, de plantar em nosso terreno espiritual, em nós, boas sementes ou as ruins. É poder determinar nossa própria conduta. Porém nossa liberdade deve ser com responsabilidade. Se temos liberdade de escolha, temos também as respostas desta liberdade. Podemos fazer as ações que quisermos, mas estas ações são nossas, não temos como fugir do retorno. Por isso muitos estudiosos, ao se referirem ao livre-arbítrio, colocam os adjetivos de: "precioso" e "perigoso". Porque, por meio dele, podemos usar e abusar. O fato, Fabiano, é que podemos fazer o que queremos, e estes atos são nossos, ficam gravados na nossa memória espiritual, e, por esta liberdade, temos o retorno. É a lei de Deus!

Sérgio fez uma pausa; olhando para Fabiano com carinho, tentou animá-lo:

— Se você tivesse o retorno de ser preso, acusado de um crime que não cometeu, seria resposta de ter abusado no passado de seu livre-arbítrio. Mas, como nos foi revelado, isso não existe; por isto, este momento difícil passará.

Sérgio foi chamado para atender uma pessoa, Fabiano pensou no que ouviu e temeu:

"Eu recordei de alguns acontecimentos de minha encarnação anterior em que me chamei "Benedito" e desencarnei assassinado. Terá sido uma reação? Ter sido jovem, inocente, assassinado? Foi uma lição para não matar nunca mais? Será que fui um assassino? O que será que fiz nas outras vidas? Será que ficou algum crime sem reparo? Terei de ir para a prisão, nesta vida inocente, porque matei alguém e não fui punido? Porém antes ser preso inocente do que culpado; ninguém é realmente inocente, o erro pode ter existido em outras vidas. A gente não pensa no retorno quando comete erros, quando abusa do livre-arbítrio. O que consola é o que o senhor Sérgio afirmou: que eu não tenho a ação para esse retorno."

Daniela chegou, sentou-se ao lado do namorado, receberam o passe e, após, o casal foi lanchar.

— Está tudo na mesma — lamentou o moço para a namorada.

— Por que você não faz alguma coisa? — pediu Daniela.

— O quê?

— Ir à cidade do crime, à delegacia, conversar com o delegado, tentar saber como estão as investigações. Raciocinemos: se você fosse suspeito, estaria em prisão preventiva.

— Farei isto, e amanhã.

No horário de costume, o casal se despediu, Fabiano se encontrou com a tia, e voltaram para a cidade que residiam, não

| 157

conversaram muito. O moço, em casa, encontrou a mãe e a irmã ajoelhadas orando em frente da imagem de Nossa Senhora, ele se ajoelhou e também orou. Laís pedia a Maria, mãe de Jesus, para o filho não ser preso. Quando terminaram a oração, Fabiano indagou a mãe:

— Mamãe, a senhora está com medo de eu ser preso?

— Sim filho, estou. Os dias estão passando e não sabemos quem é esse assassino. Está difícil ficarmos Flávia e eu presas em casa, não quero sair e correr o risco de não me conter, não ficar calada diante de comentários e haver discussões e trocas de ofensas. Depois, prisão é um horror, é terrível! Você pode lá ser maltratado.

— Mamãe, se eles suspeitassem mesmo de mim, já estaria preso. Se isto não ocorreu, não acontecerá. Calma!

Laís abraçou o filho e chorou.

"Mamãe está sofrendo muito! Mais que eu!", concluiu.

Foram dormir; no outro dia, Fabiano se levantou cedo, era quinta-feira, ele esperou as oito horas e saiu de camionete, fez de modo que a mãe pensasse que ele fora ao mercadinho. Foi à cidade em que Eloy morava e, lá, à delegacia. Quando chegou, pediu para falar com o delegado encarregado do caso Eloy. Esperou por trinta minutos e o delegado o recebeu. Depois de se apresentar, Fabiano explicou:

— Senhor, minha vida está um inferno. Afirmo ao senhor que sou inocente, não matei ninguém e não sei nada sobre esse crime. Estou sendo acusado?

— Não, você não está sendo acusado. Que inferno é esse? A família do morto o acusa? — o delegado quis saber.

— Não! Nem sei deles, não os vi.

Fabiano, resumindo, falando rápido, contou que fora namorado e traído por Salete, a moça que por meses morou com Eloy. E finalizou:

— Não dei muita importância à traição, e estou namorando firme outra moça.

— Apuramos o que você disse — elucidou o delegado. — O vigia do posto de combustível e um caminhoneiro que pernoitava no pátio viram você e a sua camionete. Nossa investigação está em outro fato.

— O senhor não me faria um favor, uma caridade? — pediu Fabiano. — Comunique-se com o delegado da cidade que moro e peça a ele para dizer a todos que comprovaram que estive no posto. Por favor!

— Faço isso! Que pessoal fofoqueiro! Que cidadezinha com pessoas maledicentes! Até logo!

O delegado, atarefado, lhe mostrou a porta. Fabiano saiu da delegacia esperançoso. Voltou para casa e contou à família.

— Meu Deus! E se você ficasse preso!? — a mãe se apavorou.

— Necessitava ir lá — Fabiano tentou acalmar a mãe. — O delegado disse que a investigação está seguindo outra pista.

Dirceu havia almoçado e voltado ao trabalho, trinta minutos depois retornou à casa para contar a novidade:

— O delegado contou em três lugares que o investigador do caso de Eloy disse-lhe que checaram o que Fabiano contou: que ele parou no posto e que ficou lá o tempo que afirmou. O delegado saiu da delegacia, encontrou-se com um grupo de pessoas, foi à praça e disse a outros; voltando à delegacia, se deparou com outro grupo e os elucidou. Penso que, com isso, as pessoas pararão de falar, de acusá-lo. Vou voltar ao trabalho.

Os quatro se sentiram aliviados. Laís resolveu aguar as plantas do pequeno jardim em frente da casa e lavar a área. Assim que começou, duas irmãs dela e três vizinhas vieram falar com ela, mas a conversa não foi como esperava.

— O delegado disse que a camionete não saiu do posto, nós não pensamos que ele iria à cidade com a camionete. O veículo ficou, e ele foi.

Comentaram mais coisas. Flávia e Fabiano escutaram. Laís não respondeu, largou o que estava fazendo e entrou. Fabiano foi acabar de fazer o que a mãe havia começado. Fingindo não ver ninguém nem escutar, aguou as plantas e lavou a área. As cinco mulheres ficaram olhando, pararam de falar e, após uns pingos d'água, foram embora. Somente quando deixou tudo limpo que entrou.

— Meu Deus! Isto não acaba! — lamentou Laís sentida.

— Pelo visto, já inventaram outra coisa — observou Flávia. — Com certeza, ao escutar do delegado que de fato a camionete não saiu da área do posto, devem ter feito outra versão, inventado outro fato: que você, Fabiano, saiu, deixou a camionete e foi à cidade a pé, já que não viram outro veículo no posto. Porém foi visto que os tiros que mataram Eloy saíram de um carro. Logo, com certeza, eles dirão que Fabiano alugou um ou que ele deixou escondido um carro para ser usado para este fim. Bem, não adiantou o delegado contar que a camionete não saiu do posto. Nossa esperança é que a investigação se adiante e que encontrem o assassino.

— Senti vontade de responder a essas senhoras, mas não o fiz, não vale a pena — disse Fabiano.

Na sexta-feira, não houve novidades; no sábado, logo à tarde, como havia combinado com a tia, Fabiano passou na casa dela e foram à cidade vizinha para irem ao centro espírita, e também Daniela iria depois pernoitar e passar o domingo com eles.

Logo que chegaram ao centro espírita, Daniela se juntou a eles. Assistiram à palestra. Fabiano a achou muito interessante e guardou na memória o que lhe chamou mais atenção dos ensinamentos da noite.

— Coube a mim falar esta noite da Parábola dos Talentos, que está no Evangelho de Mateus, vinte e cinco, de quatorze a trinta e três; também encontramos um texto referente ao mesmo assunto em Lucas, dezenove, de onze a vinte e sete. Vou ler o texto de Mateus que está no *Evangelho segundo o Espiritismo*, de Allan Kardec, no capítulo vinte e seis, "Servir a Deus e a Mamon", item seis, "Parábola dos Talentos".

O palestrante leu o texto e falou sobre o que leu.

— Um homem, ao fazer uma grande viagem, chamou seus três servos e lhes deu uma quantia de dinheiro (talentos). Podemos entender que nos deu, a todos nós, para nossa trajetória, por um período que não sabemos de quantos anos é; na parábola está escrito "por muito tempo", mas chegará a época em que precisamos devolver, prestar conta do que fizemos com o nosso livre-arbítrio. O precioso livre-arbítrio, o poder do criador de que dispomos para fazer o que queremos. Mas o Senhor regressou, o período de tempo de todos nós vence, e somos chamados a prestar contas. Ninguém possui de fato o que recebeu, possuímos o que nós mesmos criamos. Nossa criatividade, o talento, foi-nos dado por Deus, por isso não é nosso, o que é nosso é o que fizemos com ele, com nossa criatividade, pelo nosso livre-arbítrio. Aqueles que cresceram espiritualmente, adquiriram boas experiências, conhecimentos, multiplicaram seus talentos, e o que multiplicaram passou a ser deles, foi o produto de suas criatividades, e são chamados pelo Senhor de "servos bons e fiéis". Receberam suas recompensas, foram dignos de algo melhor, talvez reencarnar em mundos mais avançados ou receber incumbências de reencarnar na Terra para auxiliar outros a multiplicar seus talentos.

"Alerto para a gravidade de não fazer nada como o terceiro. Não fez o bem nem o mal. Ficou estéril, não teve o retorno. Nada fez, nada recebeu. Muitas pessoas julgam estar quites com a lei de Deus por não terem feito maldades, mas infelizmente também nada fizeram de bom, então com certeza, como o terceiro da parábola, nada fizeram, nada receberam. Voltarão a reencarnar em situações difíceis até que, pelo estudo e trabalho no bem, estejam aptas a multiplicar o que receberam do Senhor.

"Temos todos nós um tempo e muitas oportunidades para crescer espiritualmente, adquirir o nosso talento pelo nosso trabalho, pela criatividade que nos foi dada. Mas... Jesus não mencionou aqueles que usaram para o mal o dom recebido. Sabemos que existem espíritos que, estejam eles encarnados ou desencarnados, sempre, em qualquer plano que estejam, estão fazendo maldades. Eles também terão de prestar contas, o tempo deles chegará de as apresentar ao Senhor. Muitas vezes, está nos Evangelhos, Jesus disse: 'Atai-o'. Não é no sentido de 'amarrar', mas com certeza é algo de que não se pode fugir. Somos livres para plantar em nós, comparando-nos com um terreno, o que quisermos, mas ali está o que plantamos, é nosso, ninguém pode interferir, nos mudar, somente nós que podemos interferir, mudar nossa plantação. Não há como passarmos nossos atos, sejam eles bons ou não, para outros espíritos, e não podemos adquirir nenhuma ação de outrem. Assim, quando o Senhor nos chamar às contas, será com o que temos, e seremos responsabilizados pelo nosso livre-arbítrio, que nos foi dado por Ele, o Senhor. O que ocorrerá com aqueles que usaram para a maldade a sua criatividade, o talento? Serão expulsos para planetas primitivos? Terão reencarnações difíceis? O abuso será punido. Pensemos nisto enquanto tivermos tempo e, pela graça, misericórdia, podemos multiplicar, em qualquer época, o que recebemos de Deus. Trabalhar para o bem, fazer ao outro o que queremos que nos faça, amar para termos o nosso próprio talento. Que Deus nos ajude a multiplicar a bênção, a graça que recebemos."

Receberam o passe. Fabiano prometeu a si mesmo meditar sobre o que ouvira da palestra.

Daniela foi sozinha para a casa do namorado, Fabiano e Abadia voltaram de camionete.

— Fabiano — contou Abadia —, na quarta-feira, uma prima minha que mora na cidade a que vamos nos viu entrando no centro espírita e hoje, na esquina, a vi e com uma das minhas irmãs, me pareceu que elas vigiavam o centro espírita e que minha irmã veio se certificar de que de fato eu estava indo ao centro.

— O que tem isso, titia? Não estamos fazendo nada de mal.

— Para ela tem — Abadia lamentou. — Infelizmente, para muitas pessoas, espíritas mexem com o capeta, falam até que servem o demônio, que os espíritas são condenados ao inferno. Muitas pessoas passam em frente de um centro espírita e se benzem.

— Ignorância! — exclamou Fabiano.

— Sim, é. Falam sem saber; se conhecessem um pouquinho dessa Doutrina maravilhosa, saberiam as muitas caridades que fazem os espíritas.

— Titia, não se preocupe.

— Irei ter problemas, com certeza.

— Espero que não.

— Meu sobrinho — Abadia estava realmente preocupada —, você está passando por uma dificuldade enorme que tem causado muitos sofrimentos, não somente a você, mas a todos no seu lar. Estou com medo...

— Medo do quê, titia? O que sabe que eu não sei? Viu nas folhas algo mais sinistro?

— Desde que fui ao centro espírita não joguei mais as folhas. O que antes elas me mostraram era que você ia passar por dias difíceis. Mas ia passar. Não pensei que fosse por algo tão sério e complicado. Sim, estou com medo, a justiça dos encarnados é muitas vezes injusta, ela é falha.

— Mas não a justiça de Deus! — exclamou Fabiano. — Porque entra na história da vida de cada um a reencarnação. O retorno de erros vem, e às vezes o que nos parece injusto é a resposta de erros do passado.

— Fabiano, e se você for preso? — perguntou Abadia.

— Será muito pior. Às vezes, titia, pensamos que algo não pode piorar, que não tem como, porém não há nada que esteja tão ruim que não possa piorar mais ainda. Pensei e penso que isso pode acontecer, de ser preso, meus pais irão sofrer muito. Terei de contratar um advogado e tentarei provar minha inocência.

— Meu sobrinho, tem uma coisa que também tem me preocupado. Você, passando por tudo isso, não está pensando em se suicidar, não é?

— Eu?! Claro que não! — afirmou Fabiano. — Titia, eu, involuntariamente, estou sendo a causa de meus pais e de Flávia sofrerem. Nunca iria, ou irei, causar mais sofrimentos a eles. Se eu me matar, irei sofrer com certeza, e mais por ver, saber, de ser a causa de minha família sofrer. Se cometesse este ato imprudente, seria muito egoísta, maldoso, irresponsável e tremendamente ingrato. Não, titia, mesmo se eu não os amasse tanto, como eu os amo, se tivesse problemas com eles, seria ingratidão, e das grandes, se os fizesse sofrer mais ainda. Se eu for preso, tentarei fazer com que eles não sofram mais, e agora, falando sobre este assunto, irei prometer a mim mesmo de nunca ser causa de eles sofrerem. Quero ser grato a eles.

— Sinto-me aliviada em escutá-lo — disse Abadia. — Você tem razão, talvez o suicida não pense que está agindo com ingratidão fazendo aqueles que o amam sofrerem. Se, ao fazer isto, estiver agindo por pirraça, será ele quem sofrerá mais. No centro espírita tem um grupo que todos os dias às dezoito horas ora para as pessoas que pensam em suicídio, enviando a elas paz e carinho, e também fazem preces pelos que se suicidaram. Vou fazer parte deste grupo.

Fabiano deixou a tia na casa dela e foi para a sua receber Daniela.

CAPÍTULO 12
O falatório continua

Daniela alegrava aquele lar e voltou ao assunto: de todos mudarem. Conversaram e decidiram que iriam mudar assim que fosse possível. Dirceu já tinha tempo para aposentar, porém não queria parar de trabalhar, não pensara ainda em se aposentar. Decidiu pedir sua aposentadoria na segunda-feira cedo.

— Estou pensando — disse Daniela —: Por que esperar prender o assassino? Talvez demore. Por que não marcamos e já a mudança?

— Pensarão, falarão que estou fugindo — lembrou Fabiano.

— Daniela tem razão — opinou Flávia. — Por que esperar? Falarão? Falam sem parar. O que importa mais um fato?

— Fabiano, você não foi intimado — lembrou Daniela. — Não recebeu nada dizendo que não pode sair da cidade. Vá novamente à cidade em que Eloy faleceu, converse de novo com o delegado e pergunte se pode se ausentar. Mudamos. Eu ainda terei de ficar por mais algumas semanas e o senhor Dirceu não poderá ir com vocês. Se querem a minha opinião, o senhor poderá ficar hospedado num hotel na cidade vizinha: venha pela manhã para trabalhar e retorne à tarde; quando sair a sua aposentadoria, irá se reunir a eles. Coloque a casa para vender.

— Tenho um colega que quer comprar uma casa. Segunda-feira converso com ele, e poderemos sair desta cidade. Venderei a casa por um preço razoável.

Fizeram planos.

— Meu pai — disse Daniela — irá alugar uma casa para vocês, contrataremos um caminhão de mudança, Flávia irá pedir transferência da escola. Vocês gostarão de meus pais, e eles, de vocês. Tudo dará certo! Flávia estudará numa boa escola e, na cidade em que irão morar, tem duas grandes universidades e muitos cursos, então, como minha cunhada quer, poderá cursar uma universidade.

Animaram-se. Como estavam fazendo todas as noites, oraram juntos e depois foram dormir.

No domingo, os cinco ficaram em casa com ela fechada, fizeram juntos o almoço e conversaram. Daniela deixava o lar mais alegre. Laís, triste com o falecimento dos pais, tentou ser agradável com a nora, mas ela estava muito sentida, entendeu que o melhor era realmente mudar de cidade.

"Com certeza", concluiu, pensando, Laís, "todos aqui na cidade dirão que Fabiano fugiu e que ele é o assassino. Mas pode ser que nunca descubram quem matou Eloy, e nós não podemos ficar assim para sempre. O melhor é mudar. Mesmo que se descubra quem é o criminoso, a maledicência fez estragos e nada será como antes. Tenho medo de mudança, mas nada será pior que isto, estarmos presos em casa".

Daniela foi embora, os quatro foram à calçada se despedir dela e entraram rápido. As duas, mãe e filha, ajeitaram a casa e depois jantaram.

— Laís! Laís! Abra para mim!

Escutaram Abadia, Laís e Fabiano correram para abrir o portão. Assustaram-se. Abadia estava aflita e com um ferimento na testa que escorria sangue.

Entraram e fecharam o portão e a porta.

— O que aconteceu, Abadia? — perguntou Laís assustada.

— Bem... eu... É melhor você saber, Laís — Abadia resolveu contar: — Tenho ido a um centro espírita na cidade vizinha — ela olhou para o sobrinho e o lembrou: — Não disse a você que ia ter problemas?

— O quê?! Centro espírita?! Lugar que mexe com o demônio? Você ficou louca, Abadia? Você, Fabiano, sabia disso? Meu Deus! — Laís, falando, fez três sinais da cruz. — Meu filho, você está indo também?

— Mamãe, por favor, acalme-se — rogou Fabiano. — Posso explicar.

Flávia trouxe um copo d'água para a tia e a fez tomar. Dirceu foi buscar uma caixa em que Laís guardava medicamentos de primeiros socorros e, com delicadeza, limpou o ferimento, viram que era um pequeno corte.

— Titia — decidiu Fabiano —, vá com Flávia tomar um banho. Coloque uma roupa da mamãe, porque seu vestido está sujo de sangue. Enquanto a senhora se banha, vou contar tudo aos meus pais.

— Foi você, Abadia, quem levou meu filho a esse lugar? — perguntou Laís.

— Não, mamãe, fui eu que levei titia — esclareceu Fabiano.

— Foi por isso que essas infelicidades nos aconteceram. Vocês mexeram com os demônios — lamentou Laís.

— Mamãe — interferiu Flávia —, não fale coisas que não sabe, não faça como seus outros irmãos, por favor.

— Você também foi a esse lugar? — Laís indignada perguntou à filha.

— Não, somente li alguns livros. Desculpe-me, irmão, escondido de você peguei os livros que está lendo e li. Gostei, achei coerente, muito instrutivos.

— Meu Deus! — Laís se benzeu novamente.

— É melhor, Flávia, ir com Abadia ao banheiro. Você está bem, cunhada? — Dirceu, preocupado, quis saber.

— Sim, estou melhor! Obrigada!

As duas foram ao banheiro. Fabiano resolveu esclarecer os pais sobre sua ida ao centro espírita.

— Estava tendo pesadelos com as ruínas, fui à cidade vizinha comprar a camionete e, ao marcar a consulta com o médico psiquiatra, vi um centro espírita, entrei e pedi ajuda. Obtive...

Contou tudo; a mãe, por vezes, o interrompeu:

— Você foi com eles às ruínas?!

— Sim... — Fabiano continuou contando.

— Tem certeza de que eles falam de Deus?

— Sim, tenho, mamãe.

Laís se acalmou. Flávia e Abadia retornaram à sala, a tia estava com uma roupa de Laís.

— Sente aí, titia — pediu Flávia —, vou colocar sua roupa suja de sangue de molho.

Dirceu novamente foi cuidar do ferimento de Abadia, fez um curativo e observou:

— Não feriu muito, mas foi um local onde se costuma sangrar mais.

Laís fez um chá calmante e todos tomaram. Abadia contou o que ocorrera:

— Quando Fabiano me contou que fora num centro espírita e me convidou, fui com ele; gostei muito, gosto. Os espíritas são muito fraternos, encantei-me com os ensinamentos deles e continuei indo. Na quarta-feira uma prima me viu entrando no centro espírita. No sábado foram ela e uma das minhas irmãs, ficaram na esquina observando se eu de fato iria lá, e elas me viram, porque eu fui. Fiquei quieta no domingo; hoje, dentro de casa, agora à tarde, foram todos os nossos irmãos, alguns sobrinhos e se juntaram a eles uns vizinhos, para me chamar a atenção. Eles ficaram na calçada em frente de minha casa, pediram para abrir a porta, eu não o fiz. Tenho somente uma cerquinha e meu pequeno jardim em frente à casa. Eles sabiam que eu estava em casa, porque me viram pela janela. Começaram então a falar da calçada mesmo, começaram me chamando atenção e foram se alterando, falando em tom alto, depois vieram as ofensas, como: que sou solteirona, que não consegui ninguém para casar comigo, que deveria estar histérica, lunática, para ir a um centro espírita, um antro do demônio etc. Fui fechar a janela da sala que dá para a rua, estava nervosa, apavorada, indignada; na minha aflição, puxei com força a janela e ela bateu na minha testa. Fechei e fiquei quietinha dentro de casa, não sabia o que fazer; eles foram embora, eu saí correndo e vim para cá.

— Agora, mais do que nunca, quero ir embora desta cidade! — determinou Flávia.

| 171

— Eu nem sei o que pensar. — Laís estava confusa. — Será que tudo isto que ocorreu conosco foi porque foram procurar o espiritismo?

— Claro que não, mamãe! — afirmou Fabiano. — Ao contrário, são eles que nos estão dando forças. Titia, a senhora não deve voltar para sua casa.

— Abadia, fique conosco — convidou Dirceu. — Não volte para sua casa. Nosso lar é seu!

— Obrigada, ficarei somente por esta noite. Amanhã irei para a cidade vizinha e me hospedarei na casa da filha de Sérgio. — Abadia olhou para o sobrinho e explicou: — Sérgio, me vendo preocupada, me disse que, se eu fosse agredida, era para eu ir para lá, e a filha dele, um encanto de pessoa, me convidou para ficar na casa dela. Irei. Fabiano, você não me leva?

Fabiano, enquanto a tia falava, levantou e abriu um pouquinho o vidro, olhou a calçada e a rua, falou o que observara:

— Não tem ninguém. Claro que levo a senhora. Quando quer ir? Porém penso que deverá levar roupas, fazer uma mala.

— Posso opinar? — perguntou Dirceu e não esperou a resposta, deu sua opinião: — Abadia, gostaria que ficasse aqui conosco; se ficar, nos dará prazer. Porém quero informá-la de que iremos mudar logo, iremos para a cidade que Daniela mora. Se quiser ir para a casa que foi convidada, Fabiano a levará e, se optar por ir, para não ter mais aborrecimentos, deverão ir bem cedo, às quatro horas da manhã. Fique lá hospedada e resolva seu problema, não dê atenção a ninguém. Faça, cunhada, talvez pela primeira vez, o que quer. E pode contar conosco.

— Obrigada, Dirceu, muito obrigada. Tenho, sim, planos e você tem razão, desta vez com certeza farei o que quero. Se Fabiano concordar, sairemos às quatro horas.

— Então vamos planejar — decidiu Flávia. — A senhora levará suas melhores roupas. Tenho algumas coisas que a senhora pode levar. Fabiano, titia pode levar sua mala nova?

— Claro!

As três mulheres passaram a planejar. Ficou decidido que os dois, a tia e o sobrinho, se levantariam às três horas e quarenta minutos, tomariam o café e iriam à casa de Abadia, onde ela pegaria tudo o que quisesse; após, iriam à cidade vizinha, esperariam na padaria até as sete horas para irem à casa da filha de Sérgio.

Foi o que fizeram. Na viagem, Abadia disse:

— Fabiano, você sempre foi distraído. Não percebeu nada? — Vendo que o sobrinho não entendera, explicou: — Por que estou indo para a casa da filha de Sérgio? Por que não o chamo mais de "senhor"? É porque estamos namorando.

— Que boa notícia! A senhora é a pessoa que ele encontrou! Que bom! Muito bom! Titia, a senhora merece o senhor Sérgio, e ele ganhou sozinho na loteria. Os dois são ótimos! Maravilha!

— Você acha mesmo que dará certo? — perguntou Abadia, querendo a opinião do sobrinho.

— Tenho a certeza. Pensando agora, estou entendendo seus olhares, a atenção do senhor Sérgio para com a senhora. Titia, viva este amor — pediu o moço.

— Às vezes penso que estou velha para isso.

— O quê?! Não, titia: primeiro, a senhora não é velha; segundo, o amor não tem idade. Tenho a certeza de que será feliz com o senhor Sérgio.

Fabiano ficou contente; embora com tantos problemas, alegrou-se pela tia. Ele a deixou, após tomarem café na padaria, na casa que a hospedaria, ficou tranquilo porque ela foi muito bem recebida. Voltou para casa sem ver a namorada porque sabia que ela estaria o dia todo no hospital.

Em casa, contou para eles que Abadia e Sérgio estavam namorando. Laís não sabia como reagir diante da novidade, Flávia ficou contente e contou ao irmão:

— Fabiano, comentei com a mamãe o que li de seus livros espíritas, ela gostou e está mais tranquila.

O pai, ao ir para o almoço, comentou que fizera o pedido para se aposentar e pediu urgência.

— Amanhã — decidiu Fabiano — irei à cidade que Eloy morava falar novamente com o delegado e comunicar que irei me mudar. E, aqui, que eles falem o que quiserem.

— Filho — aconselhou Dirceu —, amanhã é feriado municipal dessa cidade e provavelmente na quarta-feira estará fechado com as audiências acumuladas.

— Tudo bem! Irei na quinta-feira após o almoço.

À tarde, Fabiano, como prometera à tia, foi à casa dela aguar as plantas. Primeiro aguou as que estavam dentro da casa e pegou os alimentos que a tia pedira para levar para sua casa. Depois foi aguar o pequeno jardim da frente da casa.

Duas tias, irmãs de sua mãe, e dois primos aproximaram-se da frente da casa; logo se juntaram a eles umas vizinhas. Uma das tias o indagou:

— Onde está Abadia? Você sabe?

Como ele não respondeu, ela concluiu:

— Com certeza está enfiada na sua casa. Vocês dois estão mexendo com o capeta agora? Talvez seja por isso que matou o pobre do Eloy. Está explicado: o capeta entrou no seu corpo e você o matou.

Fabiano continuou tranquilo como se não escutasse, virou o esguicho para eles os molhando. Saíram xingando.

"Minha vontade era de dizer que matei um e poderia matar mais alguns e, de preferência, fofoqueiros. Mas responder somente pioraria."

Acabou de aguar as plantas, voltou para casa e não falou nada da agressão verbal. Somente comentou:

— Mas será que esse sentimento de inveja, maledicência chega a tanto? A ponto de ofenderem assim?

— Penso — Laís tentou esclarecer os filhos — que nesta cidade, onde pouquíssimas mulheres trabalham fora, tem-se mais tempo para se dedicar à vida das pessoas. E às vezes, como foram julgadas, tendo oportunidade ou surgindo motivo, julgam. O que estão fazendo é julgar. Talvez, se nós admitíssemos o erro, pedíssemos ajuda, melhoraria a situação. Infelizmente, eu já participei de atos assim; não como este, mas já. Errou, tem que pagar. Tenho pensado na minha atitude e senti que a maledicência, falar da vida alheia, é um vício; quando começa um assunto, se quer saber mais, opinar, participar, é terrível; quanto mais falar, mais quer falar. Mas não se preocupem, meus filhos, aprendi a lição. Não farei mais isso. A dor me ensinou. Mudando de cidade, vida nova em todos os sentidos.

— Você lembra — recordou Flávia — de quando Larissa, nossa prima, ficou grávida solteira? Que falatório! Mamãe me deu uma bronca, disse que se isso acontecesse comigo ela morreria de desgosto. Larissa sofreu bastante; o casamento dela foi uma cerimônia simples, da nossa família foi somente tia Abadia. Ela foi morar em outra cidade e não voltou mais aqui. A mãe dela, nossa tia, sofreu muito e não aprendeu, está aí apontando os erros dos outros; se satisfaz descontando. Pior disso tudo é que você não foi acusado pela polícia.

— Talvez — concluiu Fabiano — eles comecem a duvidar, porque não fui preso, mas mesmo assim eles continuam acusando e fazem questão de ofender. É muito triste!

— Sim, é — concordou Flávia. — Eu também aprendi a lição: maledicência é algo terrível. Talvez, se mamãe conversasse com eles, mas sem brigar, para explicar, eles poderiam entender.

— Não quero — determinou Laís — falar com eles ferida como estou. Realmente me sinto de luto pela morte de meus pais. Prefiro não conversar.

— Talvez — concordou Fabiano — no momento seja melhor não conversar mesmo. Enquanto não prenderem o assassino de Eloy, eles pensarão que fui eu.

Na quarta-feira, Fabiano foi à cidade vizinha. Encontrou-se com a tia no centro espírita; mesmo sendo muito distraído, percebeu que a tia estava contente. Conversou com ela.

— Como a senhora está? Precisa de alguma coisa?

— Estou bem, Fabiano, só não estou mais contente pela sua situação. Sérgio e eu estamos nos entendendo, a filha dele me trata muito bem.

— Titia, por que a senhora não vai morar na casa do senhor Sérgio?

— É que...

— Titia, por favor, pare de temer que comentem sobre a senhora. Por que não são casados? Deve a alguém satisfação?

— Vamos — contou Abadia — arrumar os papéis para casarmos no civil. Sérgio me propôs fazer aqui no centro espírita uma oração pedindo bênçãos para nossa união, fiquei de pensar.

— Está com medo dos comentários? Titia, a senhora não viu o que eles fizeram comigo, com meus pais? O que fizeram com a senhora por saber que estava seguindo a Doutrina Espírita?

Por favor, titia, se gosta do senhor Sérgio, faça isso; case-se depois se der certo a convivência. Não perca essa oportunidade de ter um companheiro, uma pessoa boa ao seu lado. A senhora gosta dele?

— Sim, muito — respondeu Abadia. — Realmente foi um reencontro, combinamos muito e gostamos de estar perto. Você tem razão, vou dizer a Sérgio que quero estar com ele e para marcar a reunião fraterna aqui no centro espírita logo, porque os quero aqui comigo; para isto, tem de ser antes de vocês mudarem.

Abadia aproximou-se de Sérgio e falou algo baixinho, Fabiano calculou que era a resposta porque ele sorriu feliz.

Daniela chegou, os dois receberam o passe. Sérgio pediu para Fabiano passar lá antes de retornar à sua cidade.

O casal de namorados foi lanchar.

— Daniela, amanhã, depois do almoço, irei novamente à delegacia comunicar que irei me mudar; quero, agora que decidimos, fazer nossa mudança.

— Eu falei a você para ir à delegacia, mas depois repensei: se o delegado não o intimou, nem o chamou para prestar esclarecimentos, talvez indo lá para falar da mudança, ele irá rir de você. Mas, se pensa que tem de fazer isso, faça. O importante é que estou contente por vocês se mudarem e nós dois não nos separarmos.

O casal fez planos.

"Se não fosse", pensou o moço, "por esse mal-entendido, diria que estou muito feliz. Realmente quero estar com Daniela, casar e ter filhos. Eu a amo e sinto ser amado".

Após levar a namorada à porta do hospital, Fabiano voltou ao centro espírita, que ainda estava aberto. Abadia o esperava.

— Meu sobrinho — contou Abadia —, no sábado, após a palestra e o passe, amigos ficarão aqui, faremos uma oração e nós estaremos casados.

| 177

— Vamos arrumar os documentos para nos casarmos no civil depois — afirmou Sérgio. — No domingo, Abadia e eu iremos viajar, iremos a uma cidade praiana, Abadia não conhece o mar. Ela irá morar comigo.

— Quando chegarmos de viagem — decidiu Abadia —, iremos pegar de minha casa alguns objetos, doarei o restante e alugarei a casa. Quero muito que você e Daniela estejam presentes no sábado e tentem trazer Laís, seu pai e Flávia.

— Titia, alegro-me com sua decisão, sinto que serão felizes juntos. Posso lhe dizer uma coisa? Dar uma opinião?

— Claro que sim — concordou Abadia.

— Senhor Sérgio, pode nos dar licença?

Fabiano pegou na mão da tia e a levou para uma repartição da sala, onde normalmente se usava para uma conversa particular. Sentaram-se, e Fabiano resolveu ser direto.

— Titia, a senhora sempre ajudou todos da família. Eles sempre abusaram de sua bondade; para todos, a senhora é a pessoa que está disponível para fazer algo para eles, e eu, infelizmente, entro nessa lista, agora peço-lhe desculpas. A vida, Deus, ou o retorno de seus atos bons com certeza a fizeram se reencontrar com um afeto do Plano Espiritual que será com certeza um companheiro que é uma pessoa boa, generosa, e juntos terão um lar cristão e um ao outro para contar nas horas difíceis e também para se alegrarem. O que quero lhe dizer é que a família, mal-acostumada, pode querer continuar a ser servida. Logo eles esquecerão que a senhora é espírita, dirão que foi iludida ou que se enganaram e que espiritismo não é do capeta etc., porque será bom para eles ter alguém que mora nesta cidade e ter um lugar para pernoitar, para os filhos ficarem para estudar, virem a uma festa, evento e terem onde dormir etc. Lembre, titia, que não irá morar mais sozinha, tudo terá de ser compartilhado e talvez hóspedes em casa possam atrapalhar o convívio de vocês.

Sérgio entrou na repartição, sentou-se ao lado de Abadia, pegou na mão dela e a beijou.

— Desculpem-me se escutei, não tenho esse costume. Mas como estamos somente nós três aqui e você, Fabiano, não falou baixinho, eu escutei. Abadia e eu já conversamos: minha casa, de agora em diante, será nossa. Falei a ela como é minha rotina; desde que me aposentei, faço algumas tarefas das quais gosto muito e não quero deixar de fazê-las. Abadia ficará à vontade para ir comigo ou não, ou ir quando quiser me acompanhar. Segunda, quinta e sexta-feira, vou, logo após o almoço, numa cozinha comunitária fazer sopa para ser distribuída, e à noite volto aqui no centro; na quarta-feira, venho ao centro espírita e, após, costumo jantar com minha filha; no sábado, venho aqui; na terça-feira, costumo ir cedo e passo o dia todo num asilo, conversando e auxiliando os internos dessa instituição. Domingo, meus filhos e netos vão à minha casa para um almoço de família. Quanto à família de Abadia, eu não tenho nada contra eles, nem os conheço, penso que são eles que têm algo contra mim por ser espírita; penso que, se souberem quem sou, o que faço e entenderem o que é o espiritismo, talvez mudem de ideia. Com certeza será agradável receber visitas deles, porém quanto a ficar mais tempo hospedados em casa, teremos de conversar, Abadia e eu, sobre se afetará minha, ou nossa rotina de vida.

— Senhor Sérgio! Senhor Sérgio! — chamou uma mulher na porta.

Sérgio foi atendê-la. A tia e sobrinho a escutaram:

— Que bom, senhor Sérgio, encontrá-lo aqui! Foi por Deus! Vinha para o centro para receber o passe, mas nosso carro quebrou. Mesmo sabendo que chegaria atrasada, vim caminhando, vim porque preciso receber uma ajuda espiritual. Estou com dificuldades.

Sérgio pediu para ela se sentar e lhe deu o passe. Fabiano, agora falando baixinho, comentou:

— Titia, como o senhor Sérgio é uma pessoa boa! O que a senhora irá fazer?

— Vou acompanhá-lo — afirmou Abadia também falando baixinho —, irei com ele às suas atividades e com certeza irei gostar. Fabiano, estou agora compreendendo muitas coisas. De fato fiz muitas coisas, atos; por não saber dizer "não", eu era a boazinha. Não quero ser mais a boazinha, quero ser uma pessoa boa. Boazinha é aquela que faz tudo o que lhe é pedido, seja por medo de ser criticada ou por não saber dizer "não", e às vezes pode até fazer algo que não está certo no seu conceito ou se privar de uma coisa ou participar de um fato que não gosta. Estou mudando, meu sobrinho. Ser boa é fazer o bem, e às vezes fazer o bem é dizer não. Sérgio tem razão, não quero ter minha família como desafeto, amo-os, porém meu amor por eles será diferente. Primeiro, não irei aceitar opiniões sobre o que devo ou não fazer. Segundo, não haverá mais abusos. Se eles quiserem me visitar, irei recebê-los bem, mas direi "não" para uma hospedagem de mais tempo, como receber sobrinhos para estudar, que eles continuem vindo e voltando de ônibus. Prestarei atenção no que irei fazer porque não quero que nada atrapalhe minha vida.

— Titia, a senhora merece ser feliz! — exclamou desejando Fabiano.

— Estaria mais se prendessem o assassino.

— Titia, Daniela e eu viremos no sábado e farei de tudo para os meus pais e Flávia virem também. A senhora não precisa mesmo de nada?

— Não, a filha de Sérgio irá me ajudar no que precisarei.

Fabiano se despediu da tia e somente abanou a mão para Sérgio, que conversava com a mulher. Abadia iria esperá-lo, ela se sentou num canto, pegou um livro na estante e se pôs a lê-lo.

Fabiano retornou tranquilo para o seu lar.

CAPÍTULO 13

Desvendando o assassinato

Na quinta-feira Dirceu saiu para trabalhar, Fabiano e Flávia ajudaram a mãe a fazer a lista do que iam levar. Eram nove horas e trinta minutos quando Dirceu retornou rápido e se expressou falando com rapidez.

— Prenderam o assassino de Eloy!

Os três ouviram e por momentos não souberam como reagir. Dirceu voltou a falar, desta vez com mais calma:

— Estava trabalhando, eram oito horas quando um colega entrou no correio e deu a notícia: o delegado falou a um grupo de pessoas na praça que o assassino de Eloy foi preso. Fui de imediato à delegacia e, como tenho feito ultimamente, andando

AS RUÍNAS

nas ruas sem olhar para os lados; vi na frente da delegacia umas pessoas, entrei no prédio e elas entraram comigo. O delegado fez cara feia ao nos ver e eu expliquei: "Senhor, sou o pai de Fabiano, o acusado de ter matado Eloy; por favor, me conte o que ocorreu. Prenderam o assassino?". O delegado falou: "Fabiano não foi acusado pela lei; se ele se sentiu acusado, foi pelo falatório. A polícia em nenhum momento o fez. Vou contar ao senhor porque penso que tem o direito de saber. Recebi a informação pela manhã e falei a algumas pessoas da cidade. O que recebi foi que o delegado da cidade em que ocorreu o crime, por uma investigação bem-feita, prendeu o assassino, o homem que matou Eloy o fez para se vingar do pai dele. Houve motivos: o pai de Eloy emprestou dinheiro a juros altíssimos, ele é agiota, para o filho desse homem, de quem, por não ter como pagar, foi tirado tudo, e o moço se suicidou. Esse homem resolveu se vingar: se o filho dele se suicidara porque o agiota não quis negociar, ele teria de sofrer o que ele sofreu, a morte de um filho. O homem está preso, e o caso, encerrado. Agora, todos para fora!". Saímos, e eu vim rápido para casa contar a novidade.

Os quatro se abraçaram.

— Oramos tanto pedindo essa graça — lembrou Laís. — Agora vamos nos ajoelhar e agradecer. À noite iremos orar e agradecer formalmente.

Abraçaram-se, ajoelharam, e cada um fez um agradecimento espontâneo. Dirceu voltou ao trabalho.

— Minha vontade é ir agora contar para Daniela — expressou Fabiano. — Mas ela aumentou seus plantões para abreviar os dias que terá de ficar no hospital. Não quero procurá-la no seu trabalho. Amanhã cedo irei e também contarei à tia Abadia.

— Senhor Fabiano! Senhor Fabiano!

Vera Lúcia Marinzeck de Carvalho do espírito Antônio Carlos

Escutaram chamá-lo na frente da casa. Eram os dois empregados do mercadinho. Fabiano saiu à frente.

— Senhor Fabiano — disse o funcionário —, soubemos da novidade, estamos contentes, viemos pegar a chave para abrir o mercadinho.

O filho de Laís deu a chave para eles e disse que ia passar logo mais por lá.

Fabiano resolveu fazer o que havia pensado, tentar vender seu estabelecimento. Foi à chácara onde comprava verduras e algumas frutas. Chegou ao local, eles ainda não sabiam da novidade, foi a primeira coisa que falou, que haviam prendido o assassino de Eloy; após, foi direto ao assunto:

— Sei que seu filho, com crianças na escola, quer mudar para a cidade. Vim aqui para lhe fazer uma oferta: compre meu mercadinho. Assim, seu filho e a família mudam-se para a cidade, e o senhor venderá direto para o cliente final, tendo mais lucro. O prédio é alugado, poderá facilmente negociar com o proprietário, venderei as instalações, prateleiras e mercadorias pelo preço que eu comprei.

Fabiano disse também que os dois funcionários eram de confiança e muito bons. O filho disse que talvez ficasse com um somente porque sua esposa trabalharia com ele. O ex-dono do mercado lembrou que a funcionária era quem limpava o lugar e que a esposa dele deveria atender os clientes. Ficaram de pensar.

Pai e filho se entusiasmaram com a compra; como Fabiano queria vender, o preço para eles era atrativo. Foram os três para o mercadinho. Quando chegaram, três homens, pessoas conhecidas, fregueses, estavam apagando os escritos da fachada e comunicaram que iriam pintar.

Fabiano não falou nada a eles.

Os compradores olharam tudo, gostaram, e o novo proprietário determinou:

— Vamos fechar! Reabriremos no sábado. Vamos contar os estoques, os dois funcionários ajudarão.

Fabiano chamou os dois empregados para o fundo e contou a eles.

— Vendi o mercadinho; irei, assim que receber, pagá-los e dei boas informações sobre vocês, espero que continuem empregados.

O comprador deu para Fabiano uma parte do dinheiro e falou de seus planos:

— Tenho, na esquina, uma casa em que ficamos quando estamos na cidade, meu filho irá morar nela; ao lado, tem um grande terreno; construirei um salão e mudaremos para lá. Estou entusiasmado!

Fabiano pegou o dinheiro, novamente chamou os dois ex-funcionários, fizeram juntos as contas do que ele tinha de lhes pagar e deu a eles uma gratificação. Agradeceram mutuamente. Pagou também o aluguel e todas as contas. Sobrou muito pouco, mas estava contente. Deixou-os fazendo o inventário e foi para a casa de sua tia Abadia aguar as plantas. Viu pessoas o olhando, fingiu que não as vira e nem olhou para elas. Depois foi para sua casa. Contou para a mãe e a irmã o que fizera.

— Laís! Laís! — gritaram no portão.

Eram duas irmãs dela e alguns primos.

— É melhor sair — determinou Fabiano. — Lembre, mamãe, que não abrirei o portão, não quero nenhum deles em casa enquanto eu estiver.

Saíram os três e ficaram na frente da porta, algumas vizinhas se aproximaram. Esperaram. Uma das irmãs de Laís falou:

— Soubemos que prenderam o assassino de Eloy. Você pode entender que tinha tudo para duvidarmos de Fabiano. Sentimos muito. Não nos convida para entrar? Podemos conversar.

Laís não sabia o que responder. Fabiano foi quem o fez, falou tranquilo:

— Enquanto eu estiver aqui morando com mamãe, não os quero em nossa casa. Não irei abrir o portão, não temos o que conversar. — Fabiano viu o primo, aquele que dissera que não bateria nele para não se sujar; preferiu não lhe dizer nada, somente o olhou e continuou a falar: — O que ocorreu conosco foi uma maledicência, julgaram por si mesmos um fato, deram como certo algo de que não tinham certeza. Sofremos, sofremos muito, foi um vaso quebrado que não tem conserto, um leite derramado que não tem mais serventia. Houve uma separação. Meus avós faleceram, me culparam. Houve, sim, culpados, foram aqueles que contaram a eles e deram a notícia como certa. Como gostam de novidades, comunico a vocês que estamos de mudança, iremos embora daqui. Agora, com licença, iremos entrar.

Os três entraram, sentaram-se no sofá da sala e, pelo barulho que escutaram, entenderam que eles foram embora.

— Nunca devemos nos vingar! — expressou Fabiano. — Seria muito triste se nós resolvêssemos dar o "troco", como costumam dizer, ou seja, fazê-los sofrer de alguma forma pelos sofrimentos que nos causaram. Se resolvêssemos continuar morando aqui por esse motivo, para revidar, mamãe sabe de muitos segredos da família, poderia falar deles, mas eles também poderiam revidar e contar os dela, seria um fez e o outro faz também. Nós não mudaríamos de cidade para fazer esses descontos, perderíamos a oportunidade de recomeçar em outro lugar, e eu acabaria me afastando de Daniela. É isto que ocorre quando nos vingamos: querendo prejudicar alguém, acabamos por sofrer também. Quem se vinga ou quer se vingar gasta seu tempo planejando como prejudicar o outro e se esquece de fazer o bem, coisas boas para o outro e principalmente a si mesmo. Talvez sofra mais, porque agressões geram agressões. Não vamos ofender ninguém, mas por enquanto não iremos aceitá-los no nosso convívio. Gostaria, neste momento, de ter mais conhecimentos espíritas para agir, nesta situação, do melhor modo possível. O importante neste acontecimento foi a lição que recebemos, que espero de coração que nos tenha curado do vício da maledicência. Porque maledicência é um vício que podemos comparar com cigarro, álcool, cocaína, porque o maledicente sente necessidade de se envolver na vida alheia; sente-se, muitas vezes, ao fazer esse ato, superior, quer inferiorizar o alvo de suas críticas. Penso que, no passado, nos recusamos a aprender pelo amor, a dor veio nos ensinar e espero que a dor não precise repetir a lição.

— Eu — contou Flávia —, hoje, por duas vezes, penso que revidei. Fui à casa da diretora da escola pedir para ela a minha transferência, ela disse para ir à escola e que iria em seguida e me daria. Fui, e ela me deu; no caminho de volta, encontrei-me com uma colega de classe e a mãe dela; elas vieram conversar comigo, contei de irmos nos mudar. Minha ex-amiga se entusiasmou, disse que a cidade para qual ia mudar tinha muitas boas escolas, universidades, que ela gostaria de estudar lá e que, se fosse para ficar em nossa casa, seus pais deixariam. A mãe dela confirmou. Eu esclareci: disse que nossa casa seria para nós quatro e não pensão ou algo parecido e que não iríamos hospedar ninguém. Virei e, andando rápido, vim para cá. Não passaram trinta minutos, outra colega me chamou no portão. Não abri, mas fui à frente. Ela disse que sentia o que acontecera, que não viera ser solidária conosco porque não conseguira, mas logo perguntou da mudança. Falei claramente que não iríamos receber visitas e que ela fizesse o favor de dizer a todos.

— Penso, Flávia, que você não se vingou de ninguém — Fabiano deu sua opinião. — Precisamos pensar e planejar. Lar é para receber visitas de quem gostamos, nos afinamos. Iremos nos mudar para uma cidade grande, teremos de nos adaptar porque tudo será diferente; a casa é pequena, tem três quartos, sala, cozinha e um banheiro. O dinheiro que papai irá receber pagará o caminhão de mudança e nossas primeiras despesas lá. Compraremos eletrodomésticos e alguns móveis novos. Flávia irá estudar e teremos despesas. Papai terá que pagar a pensão em que ficará, sua alimentação e o ônibus. Depois de nós quatro instalados, teremos de nos organizar e não gastar mais do que temos. Hóspedes dão despesas e não sabemos se teremos dinheiro para isso. Depois, é muita responsabilidade receber em casa uma jovem para estudar. Nessa dificuldade que passamos, lembro que a polícia não me acusou, e ninguém, a não ser tia Abadia, veio aqui nos dar apoio. Vamos, com a mudança, ter um recomeço.

— Filho — concordou Laís —, você tem razão, não quero guardar mágoa, mas fui ferida e o ferimento ainda dói. Fui ao velório de meu pai quase escondida, fiquei somente um pouquinho e não pude ir ao da minha mãe, porque, com certeza, se tivesse ido, teria sido humilhada, e eles o teriam acusado.

— Vou — disse Fabiano — ler para nós um capítulo do Evangelho que os espíritas têm por hábito ler e estudar.

Mostrou o livro *O Evangelho segundo o Espiritismo*, de Allan Kardec, abriu na página marcada. Capítulo doze, "Amai os vossos inimigos".

— Este capítulo — esclareceu o moço — é muito bonito. Embora seja para amar os inimigos, esclarece que devemos amar a todos. Graças a Deus, nós não temos inimigos, porém, se resolvêssemos revidar, poderíamos tê-los. No momento temos somente pessoas que nos fizeram sofrer pela maledicência, que nos magoaram, mas esta mágoa passará. Damos graças por não termos inimigos, mas graça maior é não ser inimigo de ninguém. Não prejudicar, não fazer mal a outro para que este não se torne nosso inimigo.

Leu pausadamente "Pagar o mal com o bem", os dois textos tirados dos Evangelhos: Mateus, capítulo cinco, versículos vinte e de quarenta e três a quarenta e sete; e Lucas, capítulo seis, versículos de trinta e dois a trinta e seis. Leu o capítulo todo, depois repetiu alguns trechos: "Não se deve ter pelo inimigo a mesma ternura que se tem por um amigo"; "Entre pessoas que desconfiam umas das outras, não pode haver os impulsos de simpatia existentes entre aquelas que comungam os mesmos pensamentos"; "Esse sentimento resulta de uma lei física: a da assimilação e repulsão dos fluidos. O pensamento malévolo emite uma corrente fluídica que causa penosa impressão; o pensamento benévolo envolve-nos num eflúvio agradável"; "Mas é não ter ódio nem rancor ou desejo de vingança"; "É perdoá-los sem segunda intenção e incondicionalmente pelo mal que nos fizeram".

Fabiano fechou o livro e finalizou:

— Alguns parentes vieram aqui, e não escutamos nenhum deles pedir perdão ou desculpas, tentaram se justificar com: "todos pensaram", "disseram" etc. Não nos pediram; se pedirem, diremos, e de coração, que estão perdoados, mas separados. Eles não fazem parte mais das pessoas em quem confiamos e com quem queremos conviver. Eu desejo a eles todos que pensem no mal que fizeram, aprendam e não mais sejam maledicentes e injustos.

— Preciso pensar sobre tudo o que ouvi agora. Sinto mágoa deles! — exclamou Laís, sendo sincera.

— Não sinta mais, mamãe — aconselhou Fabiano. — A mágoa é um sentimento negativo, que fica em quem a sente, corroendo. Vamos nos mudar levando somente bons sentimentos.

Dirceu chegou, jantaram e, como haviam combinado, reuniram-se na sala para agradecer.

— Oramos tanto — lembrou Laís —, pedindo para resolver a dificuldade que passamos. Fomos atendidos. Vamos orar.

Rezaram o terço.

— Agora — pediu Fabiano — vamos cada um de nós agradecer: Deus Pai, Jesus, Maria, mãe de Jesus, bons espíritos, somos gratos pela ajuda que recebemos. Muito obrigado!

Os três também agradeceram.

— Vamos também orar pelos envolvidos — convidou o moço. — Pelos parentes, conhecidos que me acusaram injustamente, que Deus os ilumine, para que entendam que a maledicência magoa, machuca e para que não ajam mais assim. Houve um assassinato! Que Maria, mãe de Jesus, auxilie os dois que desencarnaram, ou seja, faleceram: o moço que se suicidou, que ele se arrependa, peça perdão e ajuda; que Eloy possa ser ajudado, que aceite sua mudança de plano, e que nossa Mãezinha do céu console as famílias. Não sabemos se a mãe do moço que se suicidou está encarnada, mas penso que, em qualquer plano que esteja, deve estar sofrendo, o filho desencarnou e o marido está preso. Também pedimos pela família de Eloy, por seus pais e irmãos, que devem estar sofrendo. Não vamos esquecer de rogar pelo assassino, que num ato equivocado somente piorou a situação de todos e a dele também, porque está preso, que ele se arrependa. Este fato nos faz entender que a vingança é realmente desastrosa. Esse senhor sofreu e com seu ato imprudente aumentou seu sofrimento e o de sua família. Que Deus os abençoe!

— A nós também! — rogou Flávia. — Vamos agora, depois de agradecer, pedir também a Deus, Jesus, anjos para nos protegerem nessa nossa mudança, que tudo dê certo e que tia Abadia seja feliz!

Estavam aliviados, contentes e foram dormir.

No outro dia, sexta-feira, Fabiano levantou-se bem cedo e foi à cidade vizinha. Queria contar a novidade para a namorada antes de ela ir para o hospital. Bateu na porta do seu apartamento, estava ansioso. Daniela abriu a porta, e ele a abraçou:

— Daniela, prenderam o assassino! Graças a Deus!

Enquanto Daniela se preparava e tomava o desjejum, Fabiano contou tudo.

— Graças a Deus esse pesadelo acabou! Fabiano, tenho de ir para o hospital, fique aqui até o horário de ir à casa onde sua tia está hospedada.

Daniela acabou de se arrumar e saiu, Fabiano lavou as louças, ajeitou o apartamento para ela, esperou as sete horas, fechou o apartamento, deixou a chave com o porteiro e foi ver sua tia.

Eles já tinham se levantado. Abadia ficou contente com a notícia.

— Titia — pediu o sobrinho —, por favor, conte para o senhor Sérgio, ele nos ajudou muito.

Não querendo atrapalhar, Fabiano voltou para casa e, logo após, foi ao mercadinho, este estava fechado para o público, iriam reabri-lo no sábado. Encontrou o novo proprietário e os dois funcionários. O comprador acertaria o restante da compra, ele apresentou os dados, Fabiano concordou e o senhor lhe pagou.

— Sua vizinha, a dona Marli — contou o funcionário —, veio aqui pedir para comprar fiado e se o dono não lhe dava restos de frutas e verduras que não haviam sido vendidos. Nosso novo patrão não quis vender e disse que não dará restos a ninguém.

Ela saiu daqui brava. O dono explicou que o restante do que não for vendido ele levará para dar aos seus animais, para as galinhas.

Fabiano somente sorriu, novamente agradeceu e se despediu. Tinha ainda duas horas para o almoço e ele decidiu ir às ruínas. Deixou a camionete na entrada; a trilha, o caminho estreito estava em pior estado. Escutara comentários de que após a retirada das ossadas ninguém mais via nada de anormal e as excursões eram raras. Andando devagar, chegou às ruínas, parou em frente. Fabiano as viu agora diferente, parecia um lugar sem vida e, nestes poucos meses, ruíra mais ainda. Olhou por todos os lados, aquele lugar não o fazia sentir mais nada, era indiferente. Ficou somente por uns cinco minutos, a antiga sede da fazenda estava mais destruída e com mato alto. Suspirou profundamente, virou as costas, retornou e concluiu:

"Foi bom ter vindo para ter certeza que aqui não significa mais nada para mim. Tive com este lugar pesadelos dormindo, fiquei livre deles, e tive pesadelos terríveis acordado. Graças a Deus acabaram, os dois."

Depois do almoço, esperou por duas horas e saiu. Foi à casa de Salete. Bateu no portão, a mãe dela abriu e o convidou para entrar, sentar e foi avisar a filha. Salete demorou uns cinco minutos. Fabiano, ao vê-la, entendeu que ela fora se arrumar. A moça o cumprimentou sorrindo; toda dengosa, sentou-se à sua frente, porque ele se sentara em uma poltrona. Resolveu ir logo ao assunto.

— Salete, pensei muito se deveria vir ou não falar com você. Resolvi vir. Você já pensou no mal que me fez? Namoramos, tínhamos planos de casar, eu nunca a tratei mal...

— Planos que podemos refazer... — Salete o interrompeu.

— Não! — ele também a interrompeu. — Salete, não quero nunca mais interferir na vida de ninguém e não o estou fazendo na sua. Vim aqui na tentativa de alertá-la, talvez por termos sido namorados e por termos feito planos de vida em comum. Você foi irresponsável por, não me amando, ter fingido. Claro que no coração não se manda; deveria ter, se amava Eloy, lutado por ele, ido atrás dele, algo assim. Traiu-me, fui alvo de comentários maldosos, você não se importou, não se importa com mais ninguém além de você.

Fabiano fez uma pausa e percebeu que os pais de Salete estavam atrás da porta escutando, pensou que era bom eles ouvirem. Continuou:

— Também não pensou em seus pais, em sua família, foi embora, e o resto que se danasse, que escutasse os comentários. Eu sofri, seus pais sofreram. Não deu certo o seu envolvimento e voltou. Eloy foi assassinado. O que você imprudentemente fez? Foi ao mercadinho me indagar se tinha sido eu. Começaram os falatórios. Fui alvo de maledicência. O que você fez? Nada! Será que não me conhecia nem um pouquinho para saber que não sou um assassino? Você, Salete, me fez muito mal. Não gosto de você, atualmente amo, e muito, a Daniela; ela é como eu: honesta, sincera e boa. Pare, Salete, de ser inconsequente! Cresça! Pare de dar preocupações aos seus pais. Está namorando um moço que teve um envolvimento com uma jovem e tem dois filhos, separaram-se porque ele batia nela. O que quer? Casar, ser surrada e preocupar mais seus pais? Você, ao me ver, se ofereceu, ficaria comigo sem se importar com quem está namorando. Por que quer tanto casar? Amadureça, Salete! Seja adulta! Pense nas outras pessoas e no que, pelos seus atos, causa a elas. Por que não vai embora da cidade? Vá, e sozinha, para uma cidade grande; vá trabalhar para se sustentar, deixe acontecer um amor e, quando namorar, seja leal, sincera e escolha bem. Irei embora, vamos mudar de cidade, e espero não vê-la mais. Adeus!

Fabiano então olhou para Salete, ela se encolhera no sofá, estava de cabeça baixa. Ele se levantou, abriu o portão, passou, fechou, entrou na camionete e foi para casa.

"Sinto-me melhor por ter falado isso a ela. Espero que Salete não faça mais mal a ninguém", desejou.

No sábado se prepararam para ir ao casamento de Abadia. Fabiano explicou aos três como era o centro espírita e o que aconteceria lá. Arrumaram-se. À tarde, apertaram-se na camionete e foram à cidade vizinha. Lá encontraram-se com Daniela; Sérgio e Abadia não estavam na palestra, viriam depois. Assistiram à palestra, receberam o passe. No término, algumas pessoas saíram e logo outras vieram.

— Filho — comentou Laís —, gostei muito, realmente fazia uma ideia errônea das reuniões em um centro espírita. Estou me sentindo muito bem.

Entraram no centro Sérgio com os filhos, netos e Abadia.

— Titia, como a senhora está bonita! — exclamou Flávia.

De fato Abadia estava arrumada, muito bonita e feliz. Amigos e familiares fizeram uma oração bonita para o casal. A filha de Sérgio falou, sua voz delicada, de tom suave, emocionou a todos:

— Hoje, para mim, para nós, é um dia especial, porque estou vendo meu pai feliz. Quando a gente ama, queremos isso para o ser amado: vê-lo feliz. Depois de conhecer Abadia, tive a certeza de que serão felizes, porque serão companheiros, caminharão juntos e estarão olhando para a mesma direção.

"Falar sobre o amor é fácil e difícil. Fácil porque se fala muito sobre esse sentimento. Difícil, pelo mesmo motivo, não há nada de novo para ser falado. E, quando dissertamos, sai como retalhos, pedaços do que já foi escrito e falado. Amor, para mim, é uma afeição profunda. É o olhar de Deus sobre nós. É o condutor de nossa paz e felicidade. Desejo ao casal, que agora se une, muito amor!"

Ela se emocionou e abraçou o pai e a madrasta. Sérgio prometeu cuidar de Abadia, e ela, dele. O casal foi saudado com palmas e vivas. Após, os filhos de Sérgio colocaram sobre a mesa salgadinhos e refrigerantes.

Laís e Fabiano abraçaram Abadia.

— Que você, minha irmã, seja muito feliz! — desejou Laís emocionada.

— Laís, nossos pais faleceram recentemente, e eu, feliz. Estou um pouco confusa.

— Não deveria — interferiu Fabiano. — Os dois desencarnaram e no Plano Espiritual souberam que eu não sou um assassino e devem estar tranquilos. Penso, titia, que eles, a amando, o que mais querem é que a filha, a senhora, esteja bem. Sua enteada não falou que quando a gente ama quer ver o alvo do nosso amor bem? Tenho a certeza de que é isso que meus avós querem. Curta sua alegria, titia!

— Fabiano tem razão — concordou Laís —, eu estou muito alegre por você, me tranquilizo em saber que ficará bem, e é isto que nossos pais estão sentindo. Porém quero que saiba que nosso lar é seu.

— Obrigada!

Outras pessoas se aproximaram para cumprimentá-la. Abadia estava de fato contente.

No término, se despediram e também de Daniela; os quatro retornaram para casa.

CAPÍTULO 14

Recomeçando com alegria

Como haviam combinado, Dirceu, Laís e Fabiano, no domingo, levantaram-se cedo; Flávia preferiu ficar dormindo. Os três, de camionete, foram à casa de Abadia e Laís colheu flores que tinha no quintal e no pequeno jardim. Depois, Laís colheu as que tinha em sua casa e foram ao cemitério.

Em frente ao túmulo dos pais, Laís lamentou:

— Estou me despedindo deles; mamãe, papai, irei embora...

— Mamãe — interrompeu Fabiano —, meus avós não acabaram, a vida continua; aqui enterrados estão somente os restos mortais, o espírito não morre. Não precisa se despedir, eles não estão aí.

Onde os dois estão, no Plano Espiritual, eles podem nos ver, e o amor continua.

— Isso é consolador! — exclamou Laís com os olhos cheios de lágrimas.

Os três limparam o túmulo e Laís o enfeitou com flores. Oraram.

— Bem, se não é para se despedir, vamos embora. Afinal, pensar que eles estão aqui é muito triste.

Retornaram para casa, onde passaram o domingo.

Na segunda-feira, Fabiano levou os pais para a cidade vizinha, ao cartório, para passar a escritura da casa; Flávia quis ir junto. Apertaram-se na camionete.

Passaram a escritura; após, foram à agência de mudança pegar caixas que estavam desmontadas, depois foram procurar uma pensão para Dirceu ficar até sair sua aposentadoria. Encontraram uma boa perto da rodoviária. Ele iria à tarde, pernoitaria e no outro dia cedo pegaria o ônibus para ir trabalhar. Almoçaram num restaurante e voltaram para casa.

À tarde, os três, Dirceu fora trabalhar, começaram a encaixotar o que iriam levar. Escutaram Marli chamá-los. Laís saiu à frente e não abriu o portão. A mulher pediu:

— Laís, o que você não for levar, poderia me dar?

Fabiano se juntou à mãe e resolveu tentar orientá-la:

— Dona Marli, sempre demos muitas coisas para a senhora...

— Ontem — Marli o interrompeu — fui ao mercadinho, eles me disseram que não têm sobras para dar e que não vendem fiado.

— São os novos donos, nova direção — explicou Fabiano. — Não temos nada para dar à senhora. Dona Marli, a senhora foi ingrata. Sempre recebeu muito de nós e quando passamos por um período difícil nos xingou. Era para a senhora nos ter dado apoio.

— É que todos falaram que fora você! — Marli tentou se justificar.

— Ficou do lado da maioria. Temos de ser gratos, a senhora não foi; com certeza, quando precisar, não nos encontrará para ajudá-la. Não temos nada para lhe dar.

Fabiano entrou e puxou a mãe. Viram que Marli ficou parada por uns momentos na calçada, depois foi para a casa dela.

"Espero que essa senhora aprenda a ser grata", desejou Fabiano.

À noite, uma irmã de Laís gritou por ela no portão. Laís saiu e não abriu.

— Laís — disse a irmã —, você irá mesmo embora sem se despedir?

— Sim, vou. Não pude me despedir de mamãe e o fiz rapidamente de papai, não preciso me despedir de ninguém.

— Vai embora magoada! — observou a irmã.

— Não, vou ferida! — exclamou Laís. — Minha família agora é meu marido e os dois filhos. Começaremos uma vida nova, estamos esperançosos e felizes.

— Poderia nos receber para se despedir.

— Não! Não irei recebê-los nem aqui nem na minha nova residência. Espero que vocês não façam mais esse tipo de maldade, não sejam mais maledicentes. Quero que saibam que sofremos muito.

— É verdade que Abadia se casou? — a irmã quis saber.

— Sim, e com uma pessoa espírita, boa, que cuidará dela, espero que ninguém de vocês a atrapalhe.

— Não fomos convidados — lamentou a irmã.

— E não serão para visitá-la porque o lar dela é espírita e, como disseram, é do capeta.

— Você não nos quer mais, mesmo? — perguntou a irmã.

— Não, realmente não os quero mais. Até nunca!

Laís entrou e chorou.

— Não queria que isso ocorresse. Vocês ouviram? Em nenhum momento ela se desculpou, mesmo eu dizendo que sofremos muito.

Foi consolada pelos filhos.

Logo cedo, na terça-feira, o caminhão que faria a mudança estacionou em frente ao portão e começaram a carregá-lo.

Algumas pessoas olharam de longe, não ousaram se aproximar. Os novos proprietários da casa foram pegar a chave. Laís olhou pela última vez a casa em que morou. O caminhão saiu, despediram-se de Dirceu, e os três entraram na camionete e partiram. Passaram na cidade vizinha, Fabiano foi à frente, e o caminhão com a mudança, atrás; pararam no centro espírita. Suely abriu para eles; tiraram do caminhão objetos que não levariam, para serem doados.

Seguiram viagem, e esta transcorreu tranquila; ao passar pelo posto, aquele em que Fabiano parara para dormir, ele sentiu um frio na barriga.

"Tudo isso ficou para trás. Uma nova fase se inicia para nós, e será boa, se Deus quiser", pensou ele.

Chegaram à cidade; Laís e Flávia se admiraram, elas não estiveram antes numa metrópole. Fabiano indagou, procurou pelo endereço e encontrou.

A casa que os pais de Daniela alugaram para eles era numa rua tranquila, arborizada, situada no meio do quarteirão e, seguindo dois quarteirões, cruzava com uma avenida movimentada. A casa havia sido pintada recentemente, e gostaram. Tinha dois portões altos na frente, um da garagem e outro da entrada. Somente um pequenino jardim, uma sala, cozinha, três quartos e um banheiro, cômodos pequenos, o quintal minúsculo e cimentado.

Ajudaram os dois encarregados da mudança e logo descarregaram tudo. O caminhão foi embora. Fabiano levou a mãe e irmã para almoçar num restaurante na avenida; após, saíram para fazer algumas compras. Daniela havia dado endereços de lojas onde eles encontrariam móveis e eletrodomésticos. Flávia gostou demais de fazer compras. Voltaram para casa para receber o que haviam comprado e colocar os objetos no lugar. Foram dormir tarde.

No outro dia, recomeçaram; às dez horas, os pais de Daniela foram ver se eles precisavam de alguma coisa. A simpatia foi recíproca.

Daniela foi na quinta-feira para ajudá-los. Foi à escola com Flávia, a matriculou, a ajudou a comprar os materiais escolares e o uniforme; a ensinou como ir à escola, teria de pegar o ônibus na avenida e desceria em frente ao prédio escolar. Foram os quatro em lojas de roupas, compraram algumas para Laís, e muitas para Flávia e Fabiano.

— Você, Fabiano, terá de ir bem-arrumado para o trabalho — orientou Daniela.

Daniela ficou somente dois dias e voltou, agora queria terminar logo sua residência.

Na segunda-feira, Fabiano iniciou seu trabalho, foi à loja do pai de Daniela, como simples empregado, para aprender tudo, e à noite foi fazer um curso técnico de elétrica.

As aulas começaram, Flávia gostou demais da escola; Fabiano, do trabalho e do curso; Laís, da casa pequena e fácil de arrumar, estava trabalhando menos.

Dirceu ia e voltava para trabalhar, tanto no emprego quanto com as pessoas da cidade em que por tanto tempo morara conversava pouco, ninguém da família o procurou. Ia, no seu horário de almoço, duas vezes por semana, à casa de Abadia aguar as plantas, porém, assim que eles retornaram da viagem, o casal Abadia e Sérgio foram à casa dela, e Abadia separou o que queria levar. Ia dar alguns móveis antigos para o filho de Sérgio, que gostava; outros para a enteada; e levaria uns para sua nova casa; separou os que ia doar e levou para a periferia, onde ela costumava ir ajudar algumas famílias. A casa ficou vazia, e ela a alugou. Ao fazer isso, não foi abordada por ninguém.

Dirceu passou a ir, aos sábados, ao centro espírita para conversar com Abadia e Sérgio, porque ele ficava na cidade nos finais de semana, mas ficou somente três, sua aposentadoria saiu e ele foi se reunir com a família.

Daniela também terminou sua residência e foi para a cidade em que residia.

Tudo foi transcorrendo como o planejado. Dirceu foi fazer o curso de técnico de elétrica, começou a fazer serviços domésticos e logo teve muitos clientes.

Flávia tinha prometido a si mesma ser tolerante, evitar fofocas, ser amiga e ajudar os outros; cumpriu sua promessa e tinha muitos amigos.

Fabiano demonstrou ser honesto, trabalhador e bom vendedor, então a loja foi confiada a ele como gerente.

Daniela trabalhava somente no hospital, como queria, na ala infantil. Amava o que fazia e se tornou uma ótima profissional.

A casa que fora dos pais de Laís foi vendida, Dirceu e Laís viajaram para passar a escritura, ficaram dois dias na casa de Abadia. No cartório, a família se encontrou, se cumprimentaram e perguntaram como estavam. Assinaram, receberam o dinheiro e se despediram cordialmente.

Fabiano e Daniela marcaram o casamento. Fabiano convidou Sérgio e Abadia para padrinhos. Eles foram, e Abadia deu notícias:

— As ruínas definharam de vez. Comentam que somente há alguns tijolos e o mato cobriu tudo. Salete, logo que vocês mudaram, terminou o namoro e foi para a capital do estado; arrumou emprego, os pais a ajudaram no começo, depois conseguiu se sustentar, me contaram que ela está ajuizada e que namora um bom moço.

— E a nossa família? — Laís quis saber.

— Nenhuma novidade que mereça ser contada — informou Abadia. — Eu me afastei deles ou eles de mim. Não entendo tanto preconceito por religião. Tenho os visto pouco; quando nos encontramos, conversamos por alguns minutos, e foco em saber como estão de saúde. Estou muito bem, Sérgio e eu combinamos muito, ele é muito atencioso comigo, nunca havia sido tratada assim com tanto carinho. Eu o amo!

O casamento de Fabiano e Daniela foi somente no civil, a noiva estava linda e Fabiano chorou de emoção.

— Meu marido é mesmo chorão! — exclamou Daniela, que estava muito feliz.

Sérgio, por ter sido convidado, após, fez uma linda oração pedindo felicidades aos noivos.

Fabiano e Daniela foram morar num pequeno apartamento.

E alguns anos se passaram.

Abadia e Sérgio iam todo ano ficar uns dias com eles, a família de Dirceu e Laís, não voltaram mais à cidade em que residiram, eles se comunicavam por cartas com as famílias, mas não eram assíduos.

Flávia optou por estudar Advocacia, não era namoradeira, tinha muitos amigos; estava no quarto ano quando começou a namorar e firmou namoro com um primo de Daniela, que também cursava Advocacia.

Dirceu se tornou bom profissional e era muito requisitado, compraram a casa em que moravam, tinham carro e estavam bem financeiramente.

Fabiano se tornou um bom profissional, gerenciava a loja muito bem e tinha um bom salário. Ele e Daniela se entendiam e se amavam. Tiveram duas filhas lindas, sadias, mudaram-se para uma casa, e as garotinhas iam para a escola e ficavam muito com as avós.

As famílias de Fabiano e Daniela se encontravam, se davam bem.

Tornaram-se todos espíritas. Os pais de Daniela, por a verem bem e por ela falar entusiasmada do espiritismo, se interessaram em ir, foram e gostaram. Um sobrinho de Daniela, filho do irmão dela, tinha problemas para dormir e sentia muito medo, dizia ver um homem mau e chorava muito. Com a permissão do irmão, Daniela o levou ao centro espírita e constatou que um obsessor o perseguia, este desencarnado foi orientado e afastado, e o menino se tornou tranquilo. Isto fez que o irmão de Daniela e a esposa fossem ao centro espírita e gostassem.

Assim que chegaram na cidade, Fabiano procurou um centro espírita para frequentar, encontrou um em que se adaptou, e todos frequentavam, Daniela ia quando podia. Laís ocupou seu tempo livre indo costurar no centro espírita, roupas, agasalhos para serem distribuídos.

Porém, quem se tornou espírita mesmo foi Fabiano. Ele estudou, fez cursos na casa espírita e passou a fazer parte do trabalho de orientação a desencarnados como doutrinador, dava aulas para a Mocidade Espírita, fazia parte da assistência social e dava palestras.

Naquela semana foi escalado para dar a palestra e optou pelo tema "ruínas". Preparou-se e falou sobre o assunto escolhido:

— Penso que muitos de nós aqui presentes tivemos motivos para nos aproximar de um centro espírita e ter a Doutrina de Allan Kardec como guia para nossas vidas. Alguns nasceram em berço espírita, privilegiados, com certeza tiveram esse merecimento. Eu tive uma história, motivo, e foi uma ruína. Sim, um lugar abandonado, uma construção em declínio.

Fabiano contou das ruínas assombradas, de seus pesadelos, de ter recebido auxílio num centro espírita e que, ao conhecer a Doutrina Espírita, se encontrou.

— Não pensei — continuou Fabiano — que um dia iria ser grato a esses pesadelos. Penso que se não fosse por eles não teria procurado um centro espírita. Amo tanto a Doutrina; ela tem, com segurança, me mostrado o caminho a ser percorrido. "Ruínas"... no dicionário, tem o sinônimo "destruição, causa de males, perda". No Plano Físico, a ruína se encaixa em algo que já existiu e foi destruído. Destruído por quem? Por quê? Se não houve um fato natural, terremoto, uma grande tempestade, algo assim, foi o tempo, e o efeito dele acontece pela falta de manutenção. Tudo o que foi construído tem de ser cuidado para que continue em perfeito funcionamento. A ruína moral, somos nós mesmos que fazemos pelo nosso livre-arbítrio, pelas nossas escolhas.

"Finalizando o Sermão da Montanha,[1] Jesus nos orienta a construir em nós, no nosso terreno, num local firme para a construção não cair diante das dificuldades da vida. E que, se assim não for, as adversidades no decorrer da nossa existência nos farão ruir.

---
[1] N. A. E.: O Sermão da Montanha ou do Monte está contido no Evangelho de Mateus, no capítulo cinco.

AS RUÍNAS

"Recebemos, para viver encarnados, um corpo físico, e tantas pessoas o arruínam. Vemos pessoas viciadas em álcool, tóxicos, seus corpos físicos ficam em estado deplorável, e este estado abrange o corpo espiritual. A ruína espiritual é mais triste e abrangente. Muitos desencarnados não tinham o físico em estado calamitoso, mas sim o espírito, isto devido a crueldade, erros criminosos, atos errôneos na maldade. Precisamos sempre estar atentos a tudo o que pode nos arruinar e cuidar do nosso espírito e do corpo físico enquanto o vestimos, para que não nos tornemos uma ruína humana.

Nada fazer de bom para si e para o próximo é nos tornar propensos a virar ruína, fracasso total, se não usamos do nosso livre-arbítrio para nos concretizarmos em boas obras.

Os ensinamentos de Jesus é nosso guia seguro, a rocha viva para a construção do edifício para nosso espírito e, no ato contínuo, conservá-lo sempre intacto e útil. A manutenção do bem viver e viver para o bem o conservarão e não se tornará ruína. Muitas vezes, para termos uma boa construção, passamos pelos desafios das tempestades, até de terremotos, grandes problemas e dificuldades; e continuar de pé por ter entendimento e por seguir os ensinos de Jesus vale a pena!

Que Jesus nos oriente e nos ajude para estarmos sempre firmes!

CONFORTO PARA A ALMA

Psicografia de
VERA LÚCIA MARINZECK DE CARVALHO

De ANTÔNIO CARLOS e ESPÍRITOS DIVERSOS

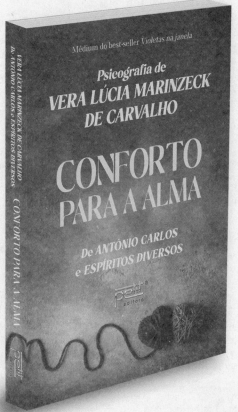

Romance | 15,5 x 22,5 cm
288 páginas

"Todos nós passamos por períodos difíceis, alguns realmente sofridos. O que ocorreu? Como superar essa situação? Normalmente há o conforto. Neste livro, são relatadas diversas situações em que alguém, sofrendo, procura ajuda e são confortados. São relatos interessantes, e talvez você, ao lê-lo, se identifique com algum deles. Se não, o importante é saber que o conforto existe, que é somente procurar, pedir, para recebê-lo. E basta nos fazermos receptivos para sermos sempre reconfortados, isto ocorre pela Misericórdia do Pai Maior. Que livro consolador! Sua leitura nos leva a nos envolver com histórias que emocionam e surpreendem. E como são esclarecedoras as explicações de Antônio Carlos!"

boanova@boanova.net
www.boanova.net | 17 3531.4444

Levamos o livro espírita cada vez mais longe!

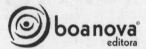

Av. Porto Ferreira, 1031 | Parque Iracema
CEP 15809-020 | Catanduva-SP

www.petit.com.br
www.boanova.net

petit@petit.com.br
boanova@boanova.net

17 3531.4444

17 99777.7413

Siga-nos em nossas redes sociais.

@boanovaed   boanovaeditora

CURTA, COMENTE, COMPARTILHE E SALVE.
utilize #boanovaeditora

Acesse nossa loja   Fale pelo whatsapp